우리는 서로의 꽃이며 기쁨

KB138787

일러두기

• 이 책에서 〈사모〉는 맨발의 가르멜 수도회 창립자 '아빌라의 성녀 데레사', 〈사부〉는 '십자가의 성 요한'을 지칭합니다.

• 이 책에 인용된 정보 글 중 어떤 부분은 인터넷 검색을 활용한 글이 포함됐음을 알립니다. 미처 출처를 올리지 못한 부분에 널리 양해를 바랍니다.

우리는 서로의
꽃이며 기쁨

김순상 신앙 에세이

구름바다

가르멜 영성센터 內 성당

스텔라 마리스 (가르멜산의 복되신 동정 마리아)
박보규 가브리엘 수사 그림

『우리는 서로의 꽃이며 기쁨』이라는 제목이 우선 마음을 설레게 합니다. 사랑하며 산다는 것은 그 대상에게 꽃과 같은 환한 미소와 감동을 선사함으로써 생겨나는 그의 기쁨과, 그의 기쁨을 통해 얻는 나의 기쁨이기 때문입니다. 추천의 글을 써달라는 부탁을 받고 처음부터 재미있게 읽었습니다.

가족들과의 관계, 혹은 이웃과 교우들과의 소소한 일상의 삶 한가운데서 건져 올린 작고 소박한 사건들이 어떻게 하느님의 현존을 느끼게 하고, 반성과 기쁨의 재료로 드러나는지 여러 곳에서 찾을 수 있었습니다. 특별히 손자의 재롱을 바라보며, 하느님 앞에서 자신의 재롱을 주님을 향한 날갯짓으로 봐달라는 기도는 참 예뻤습니다.

저자의 어린 시절 이야기는 마치 타임머신을 타고 그 시절로 돌아가 우리 모두 가난했지만 아련한 추억이 잠긴 그 옛날이야기들을 회고하는 기회가 되었습니다.

가르멜 재속회에 입회한 후에 가르멜의 영성으로 신앙의 깊이와 무게를 더하는 영적 성숙의 과정이 이 책의 곳곳에서 드러납니다. 말하지 않으면 알 수 없었던 한 인간의 내적 여정을 함께할 수 있어서 참 좋았습니다.

'내 생애 너머 그분의 아픔과 인간에 대한 애절한 사랑을 조금이라도 알아챈 것'은 '가르멜에서의 수련과 침묵의 기도에 대한 성모님의 선물'이라고 저자는 고백합니다.

꽤 많은(?) 연세에도 본당에서 하느님 말씀을 선포하는 독서 봉사를 낭랑한 음성으로 기쁘게 하시는 베로니카 자매님께 주님의 축복을 축원합니다. 이 책을 읽은 많은 사람이 '나도 신앙 수필집 한 권 써볼까?' 하는 생각이 들고, 또 자신의 신앙 여정은 어느 곳에 와 있는지 가늠해볼 수 있다면 좋겠습니다.

2023년 6월 27일
목동동성당 주임신부 김오석 라이문도

차례

1부

주님의 선물, 사랑

이서하 그림

몰라요. 생각 안 나요.
다 잊어버렸어요

　내게는 어린 손주 3명이 있다. 그 아이들은 할머니 할아버지를 몹시 좋아하고 따르기에 갈 길이 바쁜 우리에게는 큰 위로가 되어주는 존재다. 요즈음 막내 손주 녀석이 나와 더불어 같은 눈높이에서 장난도, 놀이도 함께한다. 가족 모임이 있는 날, 저쪽에서 먼저 우리 부부를 보면 깡총깡총 뛰어와서 안기기도 하고 음식점 식탁 아래로 머리만 감추고 까꿍도 하고….

　요 녀석이 나날이 자라면서 내게 주님과의 관계를 뒤지고 돌아보는 성찰의 길라잡이가 된다.
　다섯 살쯤 되었을까. 다 함께 한가위 미사에 참례하고 집으로 돌아오는 차 안에서였다.

"할머니가 왜 날 예뻐하실까?"

다른 아이들한테 듣지 못했던 물음이라 당황스럽게 돌아보며 반문했다.

"할머니가 왜 민규를 예뻐하시지?"

어려서부터 뽀뽀하자고 애원을 해야만 간신히 마음을 주는 '도도남'이 말했다.

"내가 예쁘니까 예뻐하시지요."

그 말에 내 맘은 호호거렸다. 해가 바뀌고 다시 물었다.

"할머니가 민규를 왜 예뻐하지?"

망설임 없이 바로 답이 돌아왔다.

"내가 할머니를 사랑하니까 예뻐하시지요."

나는 온 세상을 얻은 것처럼 환호했다. 아! 내가 드디어 요 도도남의 사랑을 얻었구나. 며칠간 들뜨다가 바로 주님과의 관계로 대입시켜본다. 내가 하느님을 사랑하는가, 아니면 하느님이 날 사랑하셔야 한다고 강짜를 부리는 건가. 온통 혼란스러웠다. 요 녀석은 1년 남짓 사이에 영적 진보를 했는데, 나는 이 자리에서 무엇을 하고 어떻게 살고 있는가.

일주일쯤 지났을까. 다시 전화가 왔기에 급하게 물었다.

"민규야, 할머니 사랑하시?"

오호통재라.

"몰라요. 무슨 말을 했는지 생각 안 나요. 다 잊어버렸어요."

정말로 머릿속이 하얘졌다.

'그래. 나는 성당에서나 묵상 시간에만 주님을 바라보았지. 그 잠깐의 시간 외에는 주님을 잊고 세상 것만 신경 쓰고 살았구나. 우리 아기가 정확하게 나를 깨워주었구나.'

너무도 안타까운 일이지만, 그것이 내 내면의 진실이었다. 오래도록 몇 날 며칠을 아프게 뒤지기를 하면서 사랑을 찾고 싶어 또다시 물었다.

"민규는 할머니를 사랑하지?"

"네에. 그런데 할머니는 몇 살이야요?"

그래, 내 사랑을 보고 싶어 헤매니 흰머리에 허리 굽었어도 내 맘속 주님 사랑 노을빛 삼아 아이들 손잡고 내 사랑 찾으리라.

우리는 서로의 꽃이며 기쁨

코로나19를 앓고 난 후유증 탓인지 요새 참 많이 피곤하다. 그렇지만 좋은 점도 생겼다. 자다 자꾸 깨는 불면증이 조금 줄어들고 깊은 잠을 자기도 한다. 몸 상태가 나른하고 녹작지근하니 가라앉지만, 예약해놓은 여행이 있었다. 함께 가자는 남편이 언제 또 맘 변할지 모르니 서둘러 따라나선다.

결혼생활 중 그나마 궁합이 맞는 게 여행이었다. 삶이 지루하고 싱거워서 재미없고, 잘 안 풀려서 속상하고 답답하다가도 길을 나서면 다 풀린 것 같은 달콤한 사탕이 여행이었다. 반복되는 일상에 찌든 마음과 영혼을 정화해 말간 속살이 나시 느러나게 하는 섯이 바로 여행이 수는 특별한 선불이라고 생각한다. 단조로운 일상을 벗어나 낯선 곳에서 새로운 사람을 만나면 내 안에 숨어 있던 것들이 되살아나고 게다가 나 자신도 몰랐던 나를 발견하게 되고, 그곳에 가지 않았으면 결코 만날 수 없는 새로운 인연도 생겨 가슴속 깊이 그리움을 하나 더 만들게 된다.

우리 세대만 해도 최고의 신혼여행지는 제주였다. 그 시절 신혼여행 비용은 온전히 신랑 몫이었다. 그런데 어려운 그 시절, 주머니 사정이 답답했을까? 진중하고 과묵한 신랑은 처음부터 속리산을 염두에 두었던 듯. 묻지도 못했다. 살기 바빠서 잊고 있던 그곳, 제주도에 대한 로망은 늦은 저녁처럼 뒤늦게 찾아와 예닐곱 번은 간 듯하다. 간호사인 시댁 조카의 안내로 일주일간 머물기도 했고, 자주 오래 머무르며 섬 곳곳을 섭렵했다.

코로나19로 고생했으니, 기운을 충전해야 해. 만만한 제주로 GO, GO.

요것도 코로나19 후유증일까? 아님 오랫동안 바깥나들이를 멈춘 탓일까. 집을 나서면서부터 어리바리하다. 우리 집은 공항에서 꽤 멀어 일찍 나서야 하는데 웬일인지 며칠 전부터 몸 상태가 더 뒤숭숭해 늦장을 부렸다. 택시 타고 가면 되겠지 하면서. 카카오 택시 부르는 방법을 아들들이 번갈아 가르쳐주었건만 손은 굼뜨고, 지나가는 빈 택시들은 야속하게도 절대 서지 않고 지나친다. 자괴감과 함께 마음이 바빠졌다. 더구나 주일이니 마을버스는 내 맘처럼 바쁘지 않을 터였다. 큰아들이 '모셔다 드릴게요.' 할 때 모른 척 '그러럼.' 할 것을…. 어쩔거나! 비행기를 놓치고 말겠구나.

어디에 두었는지 도통 기억나지 않는 물건을 찾고자 할 때면 안토니오 성인을 목메어 불렀는데, 이번에는 여행자의 보호자이신 크리스토폴 성인을 간절히 불러본다. 세상에나! 마을버스도 지하철도 배차 시간에 착오가 난 듯 놓친 지 얼마 안 되었는데 바로바로 우리를 태워주었으니 틀림없이 기도 덕분이었다. 비행기는 정확하게, 그리고 순식간에 우리를 제주공항에 내려주었다.

동동거렸던 긴장이 풀리자 나는 더위 먹은 강아지처럼 지쳐버렸다. 그럼에도 숙소인 호텔로 가는 셔틀버스에서 이미 우리 여행의 상서로운 징조는 보였다. 가이드가 호명하는 그룹 중 8명, 6명씩 함께하는 일행은 특유의 분위기로 들떠 있다. 숙소에 도착하여 승강기를 타니 노원구에서 온 8명 아줌마 그룹이 소란스럽다. 하여 한마디 해본다.

"오늘 이 동네 들썩들썩하겠네요." 그중 한 명이 나를 흘

낏 보더니 하는 소리. "만만치 않으시겠어요." 부지런한 내 입이 다물어졌다. 다음 날부터 말수 없는 짝꿍보다는 8명, 6명이 내 일행인 양 더 가까워졌다. 나도 함께였으니 점잖은 어르신이 시끄럽다고 눈살 찌푸리시기에 건방지지만 한마디 보태드렸다. "한두 명이 오면 이렇게 흥이 나겠어요. 오랜만에 수학여행 온 기분일 터이니 예쁘게 보아주시어요."

이 말은 틀림없이 나 자신에게 거는 일종의 최면술로 행복어(幸福語)였다.

이 친구들 사진 찍는 것도 시끌벅적 요란했다. "친구야! 이렇게 요렇게 해보렴." 나도 한 번쯤 저렇게 해보았으면 싶은, 지금 세상에서는 별것도 아닌 야시시한 포즈를 취하는데 내 눈은 부러움으로 탄성을 내지른다. 내 표정을 첫날부터 잘 읽어내던 젊은 친구들. 우리에게 명령으로 권한다. "어르신들도 한 컷 찍으셔야지요." 제주 바다 위 요트에서 태평양을 배경으로 37명 ○○여행사 일행의 뜨거운 박수를 받으며 더없이 과감하고 신나는 표정과 자태를 맘껏 뽐내어본다. 수원 권선동 성당에서 온 6명의 교우들과는 "데레사, 루시아…" 하면서 하하 호호거렸다. 카멜리아 정원에 피어난 수국처럼 기쁨으로 활짝 피어난 낯선 이들의 미소에 절로 행복해졌다.

흰머리 우리 내외와 연배가 비슷하다며 자신들 부모님을 그리워하는 이들. 사랑에 취한 노루처럼, 젊은 사슴처럼 주님의 포도밭을 노닌다. 나리꽃 같은 그대, 사랑하는 이를 찾고, 포도주보다 더 달콤하고, 향기로운 님을 찾는 이 영혼들을 아가서의 연인으로 어루만지고 보듬어준다. 솔로몬의 가장 아름다운 노래로….

집에서 나와 출발할 때 지하철 옆자리에 앉은 분, 50분에 이륙할 비행기니 10분에만 도착해도 넉넉하다며 초조함에서 여유를 찾게 해주며 위로로 도움 주신 이름 모를 어르신은 주님께서 보내주신 성령님이셨을까. 그렇게 누구나 이웃의 성령님이 되어줄 수가 있을까. 찬찬히 생각해본다. 말은 생각의 외출복이고 표현하는 언어가 그 사람의 수준인 것을. 코로나19로 받은 여러 가지 선물로 확실하게 알게 된 것은 따뜻한 말은 쌓을수록 덕이 되며 좋은 일도 슬픈 일도 모두 쏜 화살처럼 돌아올 수 없는 길로 재빠르게 스쳐 가버린다는 것…. 보지도 못한 어머니 데레사가 다시금 보고파진다.

아무것도 너를 슬프게 하지 말며 너를 혼란케 하지 말지니. 모든 것은 다 지나가는 것, 다 지나가는 것, 인내함이 다 이기느니라!

오래된 나의 정원

　며칠 전 배낭을 메고 마을버스에서 내렸다. 등 뒤에서 "할머니!" 하고 부르는 소리에 주위를 둘러보니 나뿐이었다.

　'맞아. 내가 할머니로구나' 하며 바라보니 한 40세쯤 되어 보이는 아줌마가 까만 봉투를 흔들며 나를 향해 뛰어오고 있었다. 내가 무언가를 흘리고 내린 모양이었다. "정말로 고마워요" 하며 받아보니 따끈따끈한 촉감이 느껴진다. '이게 뭐지?' 순간적으로 고맙다는 말은 했지만 머릿속은 하얗기만 했다.

　'아, 그래. 요건 내가 버스 타기 전에 산, 김이 맛나게 오르는 옥수수였지. 애들 아버지가 좋아하는 간식이니 하나 사자. 그런데 배낭은 이미 미카엘라의 시골 고구마로 무거우니 그냥 들고 가야지.' 그렇게 버스에 올라서 좌석에 앉았다. 내려놓은 배낭 옆에 놓았다가 배낭만 메고 내려버린 것이다. 그 옥수수라고 인식이 된 것은 꽤나 지난 뒤였다.

지난여름 월 모임에 다녀올 때도 그 모양이었다. 에스컬레이터를 타고 지상으로 올라온 그때도 그랬다. 너무도 환하게 밝은 빛 때문이었을까. '여기가 어디지. 내가 어디를 가고 있는 것일까?' 어렸을 적에 낮잠을 자다 깨면 학교에 늦었다고 깜짝 놀란 기억은 나만 있는 것일까. 몇 초 동안이었지만 불안하다기보다는 자유로움을 느꼈던 것도 같다. '아하, 내가 요즘 뇌기능 개선 촉진제를 한참 안 먹었구나' 하는 생각도 동시에 떠올랐다.

그날은 모임 끝에 집으로 가는 방향이 같은 자매들과 점심식사를 하고 지하철을 탔다. 2명이 중간에서 환승하겠다기에 "나도 함께 바꿔 탈까?" 하니 한 자매가 "형님 안 돼요. 환승하지 말고 그냥 가세요. 소피아 형님 내리실 때까지 같이 가주셔야지요." 그들 중 한 자매가 단호하게 권하는 이 말에 잠시 멍했다. 같은 역에서 내리는 것은 아니지만 내리실 때까지라도 함께해야 한다는 배려. 버스에서 뛰어내려서 작은 꾸러미를 전해주던 이름 모를 여인의 선행. 흐르는 물노 떠서 주변 넉이 된나는 섯은 속남이시반 이렇게 생활 속의 작은 사랑과 지혜는 코로나19에도 불구하고 여전히 살아 있다.

'그래, 우리는 엘리야 예언자의 자손이며 우리 사모는 데레사 성녀이시지.'

요즘 우리는 양성 교재에서 엘리야 예언자의 활동적이고 실천적인 가르침을 새삼 다시 배운다. '별것도 아닌 작은 관심과 배려가 어우러져서 울림이 있는 삶이 되는구나.' 가리어진 그 말과 뜻이 바로 주님의 말씀이라고 생각되니 가슴이 따뜻해졌다.

잊음과 깨달음이 한꺼번에 밀려오는 낡고 오래된 나. 철들자 망령이라는 옛 어른들의 말씀에 철없는 나는 서글퍼진다. 물속에서 함께 걷는 젊은 엄마는 매번 '소녀 같은 언니'라는데 그 말이 빈말은 아닌지. 흘리는 말도 주워 담는 열정으로 잠들고자 하는 내 가난한 영을 깨어본다.

나는 본당에서 독서 봉사를 하고 있는데, 10번은 넘게 준비하고 제대에 오른다. 그날의 말씀은 요한묵시록2, 2~3으로 // 나는 네가 한 일과 너의 노고와 인내를 알고, 또 네가 악한 자들을 용납하지 못한다는 것을 안다. 너는 인내심이 있어서, 내 이름 때문에 어려움을 겪으면서도 지치는 일이 없었다. // 이 말씀은 연습할 때는 별 감동이 없었고 그날 오후 구역모임에서 읽을 때도 그냥 지나쳤다. 그런데 말씀으로 봉독하는 순간 마음속 깊이 벅차오르며 목이 메어왔다. 주님께서 나의 노고와 인내와 아픔을 알고 계시다니 얼마나 감동적이며 크나큰 위로의 말씀이신가.

바다의 모래알 수도 내 머리카락 수도 알고 계시다고 배웠지만 한없이 고달프고 힘겨웠던 나의 지난 세월을 내가 찾아 헤매는 숨어 계신 주님께서는 다 알고 계시다니…. 그 크신 위로에 그대로 주저앉을 것만 같았다. 마스크로 가린 내 목소리의 떨림과 눈시울이 붉어짐을 아마도 뒷자리에 앉아 계신 신부님은 알아채셨으리라. 영혼마다 그 나름 질곡의 삶을 살고, 그 설움을 이미 다 알고 계시는 주님께 고하고, 주님께서 이따금씩 주시는 따사로운 기운을 이불처럼 덮고 헤쳐가는 우리는 이승의 피조물인 것을.

내 힘으로는 아무리 애를 쓰고 또 써도 그분께 다가가 안긴다는 건 어림도 없는 일이다. 내가 며칠 동안 10여 차례 연습할 때도 빌 느낌이 없었는데…. 감동과 울림은 어느 순간 그분께서 주시고자 할 때 그제야 겨우 오는 것. 내가 아무리 펌프질을 해도 한 종지의 흙탕물이지만 한바탕 비를 쏟아주시면 흠뻑 젖듯, 메마른 마음을 적시는 은총과 축복인 것을. 그것도 하고 또 하는 노력이 있을 때에야 비로소 아주 소금씩 주신다. 이렇게 기나긴 세월이 지나서야 아주 기꺼이 내게 눈을 맞추어 주시는 것이 관상의 축복 아닐까!

우리 운정 지구에는 3개의 성당이 있다. 교하성당, 맑은연 못성당 그리고 운정성당. 나는 늘 '산 넘고 물 건너 다닌다' 고 말했는데, 자가용이 꼬리를 무는 구석진 운정성당으로 주 일 미사를 보러 갈 때면 자주 '이 기름값이면 성당을 짓고도 남았겠다'고 생각했다. 내 생각이 하늘에 닿았을까. 주님께 서 분당할 것을 결정해주셨다. 지금은 교구에서 마련해준 부 지 옆에서 셋방살이를 하고 있다. 그런데 미사 중에 펼쳐진 제대 뒤 유리창 밖의 전망이 감탄할 만큼 뛰어나고 멋지기 에 나는 미사를 빠질 수가 없다.

소나무가 나란히 서 있다. 성체 모시러 줄 서는 당신 자녀 의 모습으로. 새들은 주님을 찬미하는 노래로 지저귄다. 구 름은 두둥실, 바람이 산들산들 춤을 춘다.

우리 그리스도인은 누구나 마찬가지겠지만 매일 미사 참 례하기 위해 현관을 나선다. 가서 앉는 자리도 정해져 있고 앞뒤 옆으로는 익숙하고 또 안 보이시면 궁금하고 걱정되는 어르신들이 많이 계신다. 며칠 전에 내 바로 뒷좌석이 지정 석인 어르신께서 선종하셨다는 부음을 받았다. 연세보다는 정정해 보이셨는데…. 그분은 하루에 120단 되는 묵주기도를 드리셨고 매일 미사를 모신 믿음이 단단한 분이셨다. 미사를 마치고 집으로 돌아와 화장실에서 돌아가셨단다. 이렇게 하루 이틀 안 보이는 것은 차치하더라도 며칠씩 안 보일 때는 기도와 배려로 염려해주는 이웃이 되라 하신 주님.

십자가 요한의 영혼의 노래 33편으로 찬미하며 내 오래된 정원에서도 믿음의 꽃을 활짝 피우고 싶다.

그대 날 보아주신 덕분에 사랑과 예쁨을 나한테 주셨지요.

우울한 나날(Blue Days)

코로나19 사태는 '코로나 블루'라는 신조어를 낳았다. 원래 맑게 갠 하늘이나 멀리 보이는 바닷물의 빛깔, 크고 작은 물결처럼 파란색이 주는 이미지는 희망, 밝음 같은 긍정적인 것뿐이다. 우리의 향주삼덕, 하느님을 향한 세 가지 덕목 중하나인 희망도 푸른색으로 상징한다. 그럼에도 요즘처럼 우울한 기분을 일컬을 때를 Blue Day라 칭하며 푸른색이 등장하는 까닭은 역설적으로 희망찬 미래를 갈구하는 심리적인 상징어이지 싶다.

가을의 끝자락 초겨울이었다. 이웃의 형님들과 평일 미사 끝에 아점 타임을 하며 보냈다. 별일 아닌 일도 수다로 풀어내면 즐겁고 상쾌해지는 법.

첫 추위가 한창이던 그날, 그때!! 한 통의 전화가 왔다. "빨리 검사 받으러 가세요. 엄마 손자가 확진 판정 받았네요." 길게 늘어선 줄에 서 있는 동안 아무런 증상은 없지만 황당하고 앞이 안 보이던 불안감. 태어나서 처음 하는 검사. 가슴이 두근두근. 이튿날 검사 결과 나오기 전까지의 혼란스러움. 절제로 지친 기나긴 코로나19의 터널에서 조금 느슨해지고 싶어 같은 하느님의 딸들과 가끔씩 즐겼을 뿐인데…. 그분 뜻은 아마도 영혼의 거리두기를 원하셨는가 보다.

그날 이후로 내 인생의 휴일 같은 일탈은 이렇게 '로마의 휴일'처럼, '한여름 밤의 꿈'처럼 스쳐 갔고, 우리의 소소한 만찬은 호랑이 꼬리처럼 가늘지만 무섭고 기나긴 휴식기에 들어선다. 그럼에도 나는 주님의 뜻을 못 알아들은 척 나만의 자가 격리를 계속한다.

넷플릭스로 영화, 드라마 등을 보면서 우울, 불안감, 실체가 없는 두려움, 위축감과 불면증을 잊으려고 애썼다. 놀란 가슴이라 매일미사도 한 주에 한두 번만 나간다. 멈추어 선 수영장과 함께 내 일상도 진창에 잠겼다. 세상의 허물을 파헤치면 깊은 밤, 부끄럽지 않은 것이 없고 나 역시 조금 다를 뿐이니 고개 숙이지 않아도 되겠지 하면서.

이렇게 아픔의 틀 안에 나를 가두니 어렵사리 탄생하신 주님도, 새 성전도, 기쁘지만 마음은 답답하고 서글프다. 팬데믹 발생 이후 잠깐이면 수습될 줄 알았던 거리두기는 자가격리와 마스크 안에서 신체의 물리적인 자제 등 모든 것이 임계점에 다다른 듯 너무나도 고단하다.

이 한 해에도 나를 비롯한 당신 자녀들이 아기 예수님의 탄생을 축복하는 이면에는 저마다의 소원을 풀어줄 상대가 오셨기에 반가워하는 것은 아닐까…. 구유에 누워 계신 아가 예수님의 고운 이부자리가 내 눈에는 초라하고 빛바랜 듯해 마음이 무겁다.

준공을 마칠 즈음 새 성전을 둘러보았다. 신축 성당의 미리 보기, open house를 했다. 300평 단독주택처럼 좁은 부지인데 400명 정도가 들어설 수 있게 알뜰하고 넉넉하고 아담하게 지어진 성전. 스테인드글라스의 창을 통해 들어오는 아름답고 찬란한 빛. 그 고즈넉한 빛 안에 주님의 평화와 축복이 함께하신다. 감사하니 기쁨의 웃음꽃이 핀다. 신부님의 저돌적인 추진력 덕분이다. 또한 신자들의 애쓰신 흔적도 알알이 포도송이로 새겨졌다.

한편으로는 정성으로 사랑을 보태주신 일산과 이웃의 여러 성당이 떠오른다. 그중 몇 성당은 정말로 넉넉하지 않은 형편에서 큰 도움을 주셨다. 또 알토란 같은 후원자들도 계셨다. 나는 기쁜 마음도 크지만 우리만 깨끗하고 좋은 입지에 '하느님의 집'을 마련한 것이 참으로 미안하고 고맙다. 하루빨리 그곳들도 성전 마무리를 하기를 기도하고, 그때 우리도 함께 손잡을 것이니 따뜻한 우리를 바라보시며 주님은 더욱더 흐뭇하실 것이다.

보통 난관에 부딪쳐 위로받고 싶은 경우에는 어머니를, 해법을 찾고자 할 때에는 아버지를 찾는다. 어느 해 연피정을 준비하면서 기도 중에 어머니 성모님께서 "네 고통이 아무리 크다 해도 나만 하겠느냐?"는 꾸중 같은 위로를 해주셨고, 아버지께서는 성령을 보내시어 어려움도 풀어주셨다. 이번에도 남편은 대출이 이리 많은데 어떻게 신축 헌금을 내겠느냐며 짐작했던 반응을 보였다. 그렇지만 내 나이에 이사를 꽤 많이 다녔고, 몇 곳 성당의 신축 과정에 참여도 해보았지만 이번만큼은 마지막이 아닐까 하는 맘으로 최선을 다하고 싶었다. 이렇게 간절하게 원하니 생각지도 않게 한 자락이 섭섭지 않게 정리되어 가슴 한구석을 채워주셨고 묵은 살림살이도 신바람 나게 던져버렸다. 오호, 주님이시여!!

지난해는 베토벤 탄생 250주년(1770~1827)이 되는 해였다. 한 해를 마무리하는 송년의 노래로 전 세계에서 가장 많이 울려 퍼지는 음악이 바로 베토벤의 마지막 교향곡 9번 '합창'이다. 베토벤의 교향곡은 모두 9개. 그중에서 가장 많이 연주되는 베토벤의 마지막 교향곡 9번 '합창'은 '환희의 송가'라 부른다. 독일의 유명한 시인인 프리드리히 쉴러의 시를 인용한 '환희의 송가(Ode to Joy)'다. 형제여! 별의 저편에는 사랑하는 아버지 주님께서 계신다. 억만의 사람들이여 엎드려 빌겠는가. 모든 인간은 형제가 되리라. 그대의 부드러운 날개가 머무르는 곳에…. 환희여, 환희여 우리 모두 성소로 들어가자!!!

베토벤이 한 말도 적어본다. "나는 신이 다른 어떤 누구보다도 나의 예술에 더 가까이 있음을 안다. 나는 두려움 없이 내 안의 신과 의논한다. 나는 내 음악이 어떤 운명을 맞을지 조금도 걱정하지 않는다. 내 음악을 듣는 사람은 누구나 인간들을 짓누르는 온갖 불행에서 벗어날 수 있을 것이다."

그가 서양 음악의 역사에서 가장 중요한 인물로 숭배되고, 후대 작곡가들 대부분이 그가 성취한 것에 압도당한다. 인류 역사에 남긴 그의 거대한 업적은 그가 아버지 주님 안에서 주님을 느끼며 온 인류를 사랑했고 한 형제 됨을 희망했기에 주님께서 주신 선물이리라.

어린 양떼를 구원하시는 주님과 단짝이 되신 우리의 정순택 베드로 서울교구장님께서도 올 한 해 신년사를 통하여 희망의 날개를 선물하신다.

"그렇지만 아직도 희망은 있습니다." (에즈라 10,2)

주님의 선물, 사랑

내게는 손자 두 명과 손녀 한 명이 있다. 이 아이들은 사촌 사이다. 이 아이들을 통하여 나는 하느님께서 우리에게 하시고자 하는 말씀을, 그리고 얼마나 우리를 사랑하시는지를 아주 자주, 생생하게 체험한다.

예전 우리 집 컴퓨터 모니터에는 셋 중 어린 두 아이가 정원에서 조그만 자갈을 손에 꼭 쥐고 나란히 서 있는 사진이 바탕화면으로 떠 있었다. 큰놈은 조금 큰 조약돌을, 작은 아이는 자기 손에 알맞은 자그마한 것을 쥐고 있었다. 각자 자기에게 딱 어울리는, 분수에 맞는 것을 쥐고 있는 모습에서 편안함과 온유함을 느꼈다.

오래전 어느 날 손자 놈이 너무 보고 싶은 할미가 하도 전화를 해대니까 아비와 어미, 세 식구가 행차를 했다. 반가운 인사가 오간 후 할미가 정성껏 마련한 삼계탕을 맛있게 먹었고, 할미는 손에 들려 보낼 보따리를 챙겼다. 이놈이 이제 숫자를 셀 줄 아니까 가져갈 반찬거리 통을 하나, 둘 하며 함께 세어보니 열 가지가 되었다.

"승규야, 반찬을 열 가지 가져가니까 할머니 할아버지한테 열 번 전화해야 한다."

지키지도 못하고 지킬 생각도 안 하겠지만. 소공자 같은 손자와 손가락을 걸고 도장 찍고 사인하고 복사하고 단단히 확약을 했다. 한참을 떠들고 노는데 녀석이 살그머니 주방으로 건너가더니 스팸 통을 들고나오는 게 아닌가?

"승규야, 그건 반찬 없을 때 할아버지 해드리는 거야."

"우리도 반찬 없을 때 먹어야 해요."

온 식구가 배를 잡고 웃었다. 열 가지나 되는 반찬에 간식거리를 있는 것 없는 것으로 채웠어도 요놈은 어느 틈에 스팸 통을 들고나오지 않는가. 할머니의 허락으로 지 어미 가방에 단단히 집어넣더니 또 주방으로 가서 나머지 하나를 더 들고나오는 것이었다. 이건 아니다 싶어 "안 돼" 하고 강하게 제지했다.

한없는 사랑을 퍼 주실 것만 같기에 만용을 부렸는데. 이 녀석, 머쓱해서 눈물을 터뜨린다. 덩달아 나도 어색해져 녀석을 와락 안아준다. 욕심의 끝은 서로가 부끄럽고 쑥스러울 뿐이다. 이렇게 수선스럽게 하루를 놀다가 썰물 빠지듯 가버리고 난 후 나는 마무리 청소를 하며 나의 하느님을 생각해 보았다. 그분도 내가 당신 앞에서 왔다 갔다 하며 집중을 못 하고 분심 속에 있더라도, 그래도 그 모습이, 당신께 내 삶을 보여드리려고 당신 앞에 앉아 있는 모습이 정말로 대견하실 것이다.

내게 알맞은 환경과 여건을 엄청 많이 주셨건만 나는 하느님 위에 끝없는 욕심과 교만과 또 허영을 나만의 우상으로 섬기고 있지는 않은지 모르겠다. 오늘 하루 참 좋은 묵상거리를 손자 놈을 통해 주시니 이 아니 좋을 수가….

나는 하느님과의 기도를 다음처럼 생각한다.
지인이나 이웃을 집에 초대하면 그분이 우리 집에 오시기 전 나는 깨끗하게 집안 청소를 하고 맛있는 차와 그분이 좋아하는 과일을 챙긴다. 손님 맞을 내 나름의 준비 의식이다. 그분의 벨 소리에 맞추어 나는 성호를 그으며 다소곳하게 앉는다. '어서 오세요. 우리가 얼마나 서로를 그리워하고 보고 싶어 했는지' 정다운 표정과 언어로 속삭인다. 서로 못 보고 지낸 하루하루를 그분께 여쭙고, 그분의 정겨운 말씀도 귀 기울여 들어본다. 얼마나 황홀하고 소중한지를…, 마음속에 깊이 새겨 깨끗하고 진솔함이 담긴 사랑을 주고받는다. 그리고 오늘 그분이 참으로 맛있게 드실 수 있는 과일로는 내 마음을, 차로는 흐뭇해하실 덕행을 한 가지쯤 전해드리고 싶다. 비록 마음의 갈망에서 끝날지도 모르지만.

　내가 좋은 사람이 되었다면 그것은 다른 사람들의 도움이 있었기에 가능했고, 내가 좋은 사람이 되고 싶다면, 그 또한 헌신과 봉사를 통해서만 가능하다. 인정받기만 바라는 사람은 결국 그것을 잃고 만다. 가는 길은 아득하고 어두워진다. 우리는 언제나 '타인, 특히 내가 편하게 여기지 않는 사람 안의 예수'를 의식하고, 그럼에도 그의 덕행을 높이 사야 한다. 타인 안의 예수를 존중하는 만큼 우리는 그를 알게 되며 함께 성장할 것이다.

　사람들은 '하느님이 함께하는 것'은 세속적인 성공으로 드러난다고 오해한다. 하느님이 함께한다면 반드시 성공해야 하고 어려움이 해결되어야 한다고 여긴다. 그러나 수많은 신앙 선조의 삶은 세속적인 성공과 전혀 가깝지 않았다. 믿음의 조상인 아브라함은 하나밖에 없는 늦둥이 이삭을 제물로 바쳤고, 야곱은 가장 사랑하던 아들 요셉을 하루아침에 잃게 된다. 이렇게 하느님은 종종 우리를 희생과 고난의 길로 이끄신다. 어려움이 없는 삶만을 복으로 여긴다면 우리는 믿음의 고아가 될 것이다.

비바람과 따가운 햇볕 속 노지에서 자라난 야채와 과일이 비닐하우스의 것들보다 훨씬 맛있다. 깊고 깊은 고지대에서 200~300년에 걸쳐 서서히 자라는 가문비나무도 그렇다. 이 나무는 아래쪽의 마르고 죽은 가지를 괴로움으로 떨군다. 그 안에는 생명이 없기 때문이다. 그렇게 죽은 것을 떨쳐낸 슬픔의 자리에서 울림의 정수가 생겨난다. 나이테가 촘촘하고, 잔가지가 없고, 수명이 긴 나무. 이렇게 척박한 환경에서 고난의 세월을 거친 가문비나무는 울림이란 축복을 받게 된다. 메마른 땅이라는 위기를 통해 나무들이 아주 단단해진다. 저지대의 온화한 기후 속에서 빨리 큰 나무는 세포벽이 그리 단단하지 않다.

가문비나무는 기나긴 고난의 세월을 지난 후에야 악기 재료로 쓰여 엄청나게 좋은 울림으로 관객의 마음을 울려준다. 노지의 야채와 가문비나무는 우리에게 위기는 기회라고 가르친다. 옳지 않은 것과는 헤어지라고 말한다. 빛을 가리는 모든 행동과 결별하라고 이른다. 이런 지혜와 용기가 필요할 때는 어떤 부분과 결별해야 하는지, 주님께서는 어떤 가름을 하실지를 여쭈어보아야 할 것이다. 이렇게 말씀을 정성껏 들으면 마음이 열리고, 말씀을 배우고 익히면 마음을 드리는 길이 열린다.

지혜 6,12~13 // 지혜는 바라지 않고 늘 빛이 나서 그를 사랑하는 이들은 쉽게 알아보고 그를 찾는 이들은 쉽게 발견할 수 있다. 지혜는 자기를 갈망하는 이들에게 미리 다가가 자기를 알아보게 해준다. //

– 마틴 슐레스케의 〈가문비나무의 노래〉 참조

생명의 꽃, 웃음으로 웃음을…

"하하", "호호", "까르르". 마음껏 웃는 웃음은 모두를 덩달아 웃게 만든다. 언제 어느 날 이렇게 거침없이 웃어보았을까. 2박 3일 열리는 피정을 의정부교구 '한마음 수련원'으로 가슴 설레며 떠났다. 주님을 만나고 싶은 열망과 함께 학창 시절 수학여행 떠나는 마음도 보탰으니 보따리는 제법 묵직했다. 가장 하이라이트 웃음도 있었다. 종신 서약식 후에 신부님과 사진 찍는 장면에서 만능 재주꾼 박정오 프란치스코 신부님이 굳은 자세로 계셨던 모양이다. 사진은 보통 그렇게 찍으니 일부러 '기임치' 아님 '치이즈' 하며 입꼬리를 올리면서 얼굴의 근육을 풀어주어야 한단다.

"신부님! 좀 웃으시소. 인물도 좋으신데예. 좀 웃으시소."

어느 회원의 맛깔진 경상도 사투리에 온 성당이 떠나가게 웃음보가 터졌다. 안 그래도 웃고 싶었는데, 구르는 낙엽만 보아도 웃음보가 터지는 여고생처럼 몇 컷 찍는 동안 신부님께서는 계속 웃음보를 터뜨리셨으니 다 함께 웃느라 배꼽이 빠질 뻔했다. 그 후 식사시간에 여쭈어보니 "웃음이 그~냥 나오더군요."

'이번 피정은 활기차게 자알 마무리했노라'고 성령께서 주신 선물이신가. 이렇게 웃음은 혼란이나 두려움을 멀리 보내고, 전염도 시킨다. 웃음은 모두에게 생명의 꽃이니, 인생을 춤추게 한다.

1970년 불혹의 나이에 '나목'으로 등단한 작가 박완서 님(1931~2011)은 '전쟁의 비극, 중산층의 삶, 여성 문제'를 다루었으며, 자신만의 문체와 시각으로 작품을 서술하셨다. 이분은 1남 4녀를 두시었다. 그 시절, 딸 넷을 낳고 막내로 아들을 낳았을 때는 아마도 세상을 모두 얻은 듯 환호하셨을 것이다. 금자동이 외동아들이 25세의 나이에 교통사고로 요절한다. 이 비극으로 비탄과 절망의 시간을 보낸 작가님은 '고통은 극복하는 것이 아니라 견뎌내는 것이다.', '고통도 희망이 된다.' 하셨다. 하루를 살아낸 만큼 하늘에 계신 아드님과 더 가까워진다는 차원 높은 표현에는 가슴이 시리어온다.

요한복음 9장의 '태생 소경'이나 '세리 자캐오'(루카 19,2-10)는 세상 사람의 시선으로부터 자유로웠을지 생각해본다. 이 두 인물은 이웃의 부정적인 시각에서 오는 외로움의 상처를 어떻게 승화했을까. 끝날 길 없는 장애로 인한 슬픔과 그늘의 따돌림에서 기쁨과 햇살로 자리매김한 따사로운 성경의 이야기. 현세를 사는 우리에게는 동전의 양면처럼 늘 연결이 된다.

부계 사회에서 모계 사회로 회귀하는 현상 중 하나일까? 남성 중심 사회로부터 양성평등의 시대로 뒤바뀌며 많은 커리어우먼이 공적 일 처리에 앞장서고 있다. 그 여파로 '황혼이혼', '졸혼' 등도 덩달아 많아지고 있다. 무엇보다도 신혼 여행지에서 곧바로 굿바이하는 커플도 많아지고 있는 것은 가슴 아픈 현실이다. 어느 것이 옳은지를 떠나 각자의 형편에 따라 심사숙고를 거듭한 후의 결정일 터. 연상의 돌싱 맘이 능력 있는 총각과 결혼하는 시대의 변천사에는 놀라울 따름이다.

또 하나, 인생의 첫걸음에서 곱디고운 첫 단추를 끼워야 할 청춘들이 집 없는 미래에 대한 불안감으로 내 집을 마련한다. 일명 '영끌'이라 한다. 내 집 마련의 기쁨도 잠깐. 미국 중앙은행인 연준(Fed)이 자국의 인플레이션을 잡기 위해 기준금리 인상을 단행한다. 세계 경제가 글로벌화된 오늘, 우리나라도 외국인 투자자금 유출을 우려하여 기준금리를 인상할 수밖에 없다. 세계 경제가 안정세에 들어서야 기준금리는 내려가게 될 것이다. 대출 금리가 높아지니 곱빼기가 된 이자상환금으로 가정경제는 허리가 휘어지고 우리의 젊은이들이 어려움을 맞게 된다.

이렇게 코로나19와 러시아 우크라이나 전쟁의 여파로 우울증과 불안 장애가 많아졌다. 우리만 그런 것이 아니다. 미국도 성인 42%가 불안 · 우울증 등을 앓고, 전염병 수준으로 대폭 증가해 기업에서도 많은 지원을 하고 있다. 그러나 개인이 할 수 있는 일이 별로 없으니 참고 견디는 것만이 최고의 치료법이 아닐까. 나뿐 아니라 많은 사람도 실패했으니 시대의 흐름이라 생각해야 한다. 자신을 자책하고 학대하게 되면 슬픔, 외로움, 불안, 허무 등 부정적인 요소로 가득하게 되니 정서적인 문제점이 만만치 않게 나타나게 된다.

훗날에도 내 삶을 뒤흔들어 댈 온갖 종류의 바람은 질풍노도(疾風怒濤)처럼 더 자주, 더 많이 겪을 확률이 높나. 1000

톤의 계획보다 1g의 실천으로 지혜롭고 현실적인 해결책을
스스로 찾아야 할 것이다. 우리 모두가 안녕(安寧)할 때까지
는 우리 중 누구도 안녕하지 않다. 그럼에도 불구하고 우리
는 '냉소(冷笑)'적 태도를 버리고 '희망'의 항구에 안착해야
만 한다.

"기뻐하고 즐거워하여라. 너희가 하늘에서 받을 상이 크
다."(마태 5장의 행복론)

귀한 한마디 말

창세기 1장에서 하느님께서는 말씀 한마디로 하늘과 땅, 그리고 세상 만물을 지으셨다. 마지막 엿새째 날에는 하느님께서 당신의 모습으로 사람을 창조하셨고, 보시니 손수 만드신 모든 것이 참 좋으셨다며 몇 번씩이나 좋았음을 강조하신다.

이렇듯 주님은 긍정의 힘을 가지고 기쁨으로 천지를 창조하셨다. 세상에서 가장 권위가 있고 강력한 힘을 가진 최고 중의 최고, 진선미(眞善美)를 모두 갖추신 말씀이다.

이렇게 으뜸 되는 한마디의 말을 할 수도 또 그 한마디의 말로 잊지 못할 상처를 주고받기도 한다. 지난 일이고 이제는 말할 수가 있는 슬픈 일이 나에게도 하나 있다.

15년 전 따뜻한 봄날, 띠동갑 동창들과 환갑 기념으로 7박 8일 동유럽 여행길에 나섰다. 비교적 긴 일정이라 다 빠지고 2명만이 동참. 숙소도 그렇고 짝수로 움직이는 것은 여행의 기본이라 틈을 낸 내 남편과 모두 4명이 일행이 되었다. 유럽의 심장 체코의 수도 프라하, 헝가리, 폴란드, 독일 등 일정에 들어 있는 대부분의 나라가 가톨릭 국가이기에 성지순례나 진배없었다.

원래는 서유럽인 프랑스, 이탈리아와 스페인 등을 먼저 여행해야 함에도 친구 따라 강남으로 떠난 셈이었다. 아마도 체코의 프라하공항에 도착하고 움직였던 것 같다. 인접한 다른 국가로 가는 비행기 편이 비교적 많다는 일명 비행기 터미널이다.

이곳 체코의 수도인 프라하. 웅장하고 섬세하며 아름다운 성 비트 대성당은 하이라이트였다. 카를교에서는 야경을 즐기며 부지런히 걸었고, 우리의 5일장 비슷한 프라하시장에서 과일을 샀고, 유명하다는 스타벅스 커피도 즐기고. 다뉴브 강에서는 유람선도 타고 요한 슈트라우스의 왈츠에 맞춰 춤추는 백조도 만났다.

독일의 라인 강변을 따라 고만고만하게 아우러진 주택은 그림처럼 아름다웠다. 설계가 달라야 허가가 난다 한다. 영화에서 본 듯 창문에 예쁜 꽃 화분을 진열하고 골목들은 잘 정돈되어 있었다. 일본도 몇 번 가보았지만 허름한 목조주택의 창이 부서지고 깨져 있을지라도 앞마당과 공공장소인 거리는 먼지 한 톨 없이 깨끗했다. 깔끔한 독일에서 일본의 알뜰한 모습이 보였다. 이렇게 몹시도 부지런한 두 나라는 자신들의 국토가 좁다고 생각하고 넘치는 에너지로 전쟁을 일으키고 침략을 일삼았던 것이 아닌가 생각해본다. 어찌 됐든 남편과 동행한 나는 행복했다.

외국 여행은 계획된 틀에서 조금 벗어나는 일정이 생기면 옵션이라며 추가 비용이 발생한다. 물론 선택을 하기는 한다. 그런데 갑자기 산악열차 탈 기회가 있다며 가이드가 제안을 했다. 현금은 많이 소지하면 쓸데없는 물건을 사기에 조금만 가지고 떠난다 하니 동남아에서 파견 근무를 하던 작은아들이 필요할 때 쓰라고 카드를 주었다. 그 카드를 쓴다 하니 가이드가 알려준다. 유럽에서는 본인 것이 아닌 카드를 쓰면 말없이 무조건 경찰을 부른다고. 자신이 대납할 터이니 서울에 돌아가서 갚으란다. 바로 그날, 문제의 그 친구가 남편과 내가 지나가는 옆을 바짝 지나며 아주 작은 소리로 국제ⓖⓩ 하며 재빠르게 지나친다. 나만 들을 수 있는 최대한의 작은 소리였다. 깜짝 놀란 나는 황당하고 급작스러운 일이라 기분이 나쁠 틈도 없었다.

　왜 그런 이야기를 했을까. 내가 만만했을까. 한마디도 물어볼 수가 없었다.

　여행 후 동행하지 못한 친구들에게 이야기를 할 때에야 분하고 화가 났다. "그 친구는 강박증이 심해서 남편이 마시고 난 빈 소주병을 경비아저씨가 보면 창피하다고 가루를 만들어 버린단다. 네가 이해하렴. 다른 일도 잘 참지 않았니. 걔는 점쟁이가 자기는 바른말을 잘하는 성격을 타고났다고 하더래." 하며 마무리해주었다. 아, 위대한 점쟁이여!

　나의 4도 화상 같은 쉽게 아물지 않은 상처는 성나고 물집도 터졌으니, 그 아이를 모르는 고교 동창에게 말해버렸다. "그 애가 아마도 너하고 생활 환경을 비교하면서 자존심이 상하는 일이 많았을 거다. 너는 강남에는 안 살지만 자존감이 높지 않니. 더구나 핸섬하고 스마트한 남편이 동행했으니. 이혼한 저를 비교했겠지. 그런데 수입도 없이 어떻게 강남에서 사냐. 강남ⓖⓩ네. 애, 잊어버려." 그 말 한마디에 위로받은 나는 무엇이었나. 어디로 가고 있었나….

요건 분명하게도 뒷담화였다. 물론 선행은 오른손이 한 일은 왼손이 몰라야 하며 자기 자신도 잊어야 하는 일. 하물며 불편했던 일은 더더욱 조심조심. 그럼에도 삼자에게까지 이야기한 어린 나는 무엇을 찾고 있었는가. 복을 짓기는커녕 겸손도 사랑도 놀라서 멀리 떠나버렸다.

기도할 때면 잡념처럼 이기적으로 미숙하게 쏟아냈던 말과 행동이 꼬리를 문다. 저잣거리보다도 더 시끄럽다. 하여 나의 주님께서는 시편 56편을 통하여 눈물을 당신 자루에 담으시어 모든 슬픔에 잠긴 영혼에게 두려움을 없이하여 주신다고 한다. 내 사랑 주님!

우리 십자가의 요한 성인께서는 『가르멜의 산길』(영혼이 하느님과 친밀한 합일로 들어가기 위해 반드시 통과해야 하는 좁은 길을 표현한 영성 서적)에서 가르치신다.

"나 자신을 끊고, 비우고, 나를 없이 여기는 방법이 가장 빠르게 주님께로 다가서는 길이다."

나와 다른 너

한겨울 깊은 밤에 눈이 내려 온 세상을 품으면 그 깊은 고요 속에 나도 깊은 잠을 자곤 한다. 하지만 요즈음은 코로나19로 밤잠이 어수선해졌다. 예전처럼 꿀잠을 자기는 어렵다. 집에 있는 시간이 많아지니 낮잠도 깜박 자고 밤에는 토끼잠, 벼룩잠으로 들락날락. 네 번 자고 네 번 허물을 벗는다는 누에처럼 자다 깨다 늦잠까지 잔다. 불면증은 생활습관과 함께 환경적, 신체적, 심리적 요인이 원인이고 결과라는 것이 의학적인 설명이다.

나도 이 유행병에 걸린 모양이다. 집합 금지로 보지 못하는 손자를 옛적 동영상으로 보며 에너지를 얻는다. 첫 손자가 백일 무렵에 뒤집기를 한다. 수없이 연습하고 또 연습을 되풀이해 성공한 결과다. 하나, 둘, 셋 하며 발로 방바닥을 젖 먹은 힘을 다해서 차며 그 반동으로 뒤집으니 이 또한 하나의 지혜다. 말은 못하지만 나름으로 터득하는 것이 참으로 신통하다. 그래서 우리는 박수를 치며 환호한다. "하나, 두울, 세엣." 온 힘을 다하여 뒤집기를 열심히 학습하는 녀석을 보며, 나도 지난날을 찬찬히 더듬거려본다.

나는 이웃 회원의 권유로 가르멜회에 발을 들였다. "한번 가서 강의나 들어보세요." 문을 열어준 골롬바는 내게 축복이며 은인이었다. 시작이 반이었다.

// 온 마음으로 구하면 하느님을 찾을 수 있고 만날 수 있다. // 예레미야서 29,13에서 말씀하신다. 처음 '글씨가 작아서 못 보겠다' 하며 돌려준 『천주자비의 글』도 성령께서 보여주시니 커다랗게 내 작은 눈으로 쏙 들어왔다. 아마도 주님께서 간절히 구하는 제 마음을 살피신 듯. 흥미와 감탄으로 그 잘고 두꺼운 책 안으로 흐르는 시냇물처럼 쏜살같이 들어가 빠졌다.

그 시절, 생활계획표에 동그라미를 매번 그리고 하루하루 묵상하고 성인 전을 읽어가며 새벽 미사를 참례하고 무엇보다 선행을 하려고 노력했다. 마치 우리 손자가 뒤집기를 되풀이하듯이, 찾고, 묻고, 나누고, 기도할 때에 그분은 함께해 주신다는 믿음으로 사랑을 희망했다.

지난날이 되어버린 어느 겨울의 일. 혼자 된 둘째 오빠가 암으로 꽤 오래 투병하고 계셨다. 투병하는 오빠도 볼 겸 형제들과 친인척 이십여 명을 집으로 모셔 식사하는 자리를 마련했다. 음식점에서 간단히 하라고들 하셨지만 내 집에 모셔두기만 했던 나름 귀하고 고운 그릇도 내고, 병고에 시달리며 병원을 들락거리는 오빠를 위해 기도하는 마음으로 정성껏 준비했다. 모처럼 모두에게 작은 마음도 나누어 드렸다. 형제들과 함께하는 시간은 넘어가는 세월에 대한 나의 작은 성의였을 터. 나누는 나는 마음이 참 고마웠다.

마태 18,19 ∥둘 이상이 당신 이름으로 모인 곳에는 나도 함께 있기에 하늘에 계신 내 아버지께서 이루어주실 것이다.∥ 그 후 둘째 오빠는 신구약 성경 필사 2번을 끝으로 고단했지만 의미 있던 소풍 길을 떠나 단풍으로 물든 가을밤, 주무시다가 하느님 품에 안기셨다. 성당과 자손에게 필사본을 한 권씩 선물하고 가셨다.

가족 모임 다음 날, 먼 길 막내 여동생을 찾아준 형제들께 감사 전화를 돌렸다. 그런데 언제나 용기를 주기보다는 "너는 왜?", "너는 왜?" 하며 변함없고 습관적으로 던지는 말이 상처 주는 말이 아니라, 내가 너를 많이 사랑하기 때문이라고 생각하는, 나보다 일곱 살 더 많은 큰언니에게 대들었다. 그날은 내가 애쓰고 대접했다는 교만 때문에 악마의 꼬임에 넘어갔다. '아니면 젊은 시절 성당 반장 할 때부터 알고 지낸 예쁘게 사시는 형님께서 막내 여동생이 대들었다고 푸념하시는 모습에 나도 덩달아 고약한 올가미에 걸려들었을까?' 하여튼 덤벼들었다. 그것도 2번씩이나.

둘째 오빠는 가끔씩 이야기하셨다. 큰언니는 소주, 작은언니는 맥주, 셋째이자 막내딸인 나는 정종이라고. 칵테일 안 되는 개성 강한 존재들이니 서로 다름은 알지만 형제 중 끄트머리이기에 인격적인 존중이 쉽지 않은 까닭도 있을 듯.

유명세 있는 사람 중 자신은 잘못이 없는데 남이 이해를 안 해주는 탓에 돌을 맞는다고 투덜대는 이들이 있다. 자신의 약점을, 이야기하는 사람도 바보란다. 그렇게 우리 모두는 내 잘못도 상대에게 뒤집어씌우는 현란한 말솜씨와 두꺼운 얼굴을 배워가고 있다. 그런 세태 탓에 유행하는 말도 있다. 아시타비(我是他非). 나는 맞고 너는 틀리다. 똑같은 상황에 처했을 때 나와 너를 다른 시선으로 바라보는 이중 잣대를 가진 세상의 인심 안으로 나도 모르게 젖어들었음을 성찰한다. 잔정이 많고 살뜰한 내 언니처럼 내 사랑 주님은 나보다 더 많이 슬프셨으리라. 서로 다름을 인정할 줄 모르는 내 탓으로!

그럼에도 우리는 주님의 사랑과 겸손의 덕을 가슴에 담고 그리워하고 나눔을 하고 실천하려 노력한다. 이렇게 아픈 담금질로 영적 잔병치레를 한다. 아름다운 추억을 꼭꼭 씹으며 자잘한 자존심은 버리고 자존감을 높인다.

아픔은 품지 말고 벗고 씻어내어 단단한 디딤돌 삼아야 노년의 걸림돌인 치매를 건널 수 있으리라.

어제와 다른 내일

    초등학교 6학년 때 세례를 받고 중·고등학교도 성당도 집에서 비교적 가까운 편이라 한때는 새벽 미사를 열심히 다녔고 수녀님이 되면 좋겠다고 생각한 시절도 있었다. 그 믿음의 끈으로 유리그릇처럼 깨질 것만 같았던 피폐함도 잘 넘기고 옛이야기처럼 말할 수 있으니 정말 큰 축복을 받은 것이다. 그리고 글을 쓰고 다듬으며 우리 가족의 피난 시절, 이야기보따리를 듣다 보면 내가 정말로 형제간에 무심했음이 떠올라 사뭇 부끄러워진다.

    피난살이를 끝내고 서울 집으로 돌아온 후 아버지는 큰 수술을 하셨다. 어머니는 새벽마다 집으로 오셔서 할머니가 눈물로 쑤어 놓으신 죽을 가지고 경무대(지금의 청와대)를 지나

삼청동 고개를 넘어 병원으로 나르시며 고달픈 간병인 생활을 하셨다. 약주를 좋아하신 아버지의 병환은 그때가 시작이었다. 그럼에도 좋으셨던 부모님의 금슬은 서울 수복 후 굽이굽이 어려웠던 시절을 잘 이겨내는 힘이 되었다.

건강을 회복한 아버님은 주말이면 광화문 동아일보 건너편 국제극장에서 어머니와 즐겨 영화를 보시고는 센베이(누런 봉투에 넣어 팔던 그 옛날 과자. 김 가루가 아닌 파래 가루를 뿌린 부채꼴 과자, 그리고 약간 딱딱하고 동그랗게 말린 생강 과자)를 사 오셨다. 요 맛있는 과자를 기다리며 하품으로 잠을 쫓고 다독이며 함께하던 7남매.

특히 맏딸로서 집안의 살림을 많이 거들어야 했던 큰언니의 수고가 큰 울림으로 와닿는다. 어린 동생들을 돌보고 챙기며 엄마의 마음으로 하는 잔소리의 흔적인 것을. 그 마음을 돌아보지 못한 나의 어리석음을 이제는 회한으로 남기 전에 잘 해드려야 하겠다는 뉘우침으로 바꿔본다.

등화가친(燈火可親)의 가을을 제치고 여름 안에 몰래 숨어들어온 겨울. 불볕더위에 속아서 알아채지 못한 겨울. 그리고 그 겨울이 몇 번을 지나고 나서야 나는 살그머니 가버린 가을의 흔적들을 수시로 찾는다. 잠깐 보이고 마는 고추잠자리, 높고 푸른 하늘의 뭉게구름, 노랗게 물든 은행잎과 불타는 단풍, 색동옷으로 갈아입은 골짜기, 한들한들 피어나는 코스모스를 어린 나의 고향처럼 생각하며 그리워한다.

어린 시절 고만고만하던 7남매. 다툼도 꽤나 했었다. 첫째와 막내 일곱째가 아니라 바로 앞뒤 형제자매의 몫이었다. 그 다툼은 사랑의 다른 표현이리라. 떠나가신 오라버니가 그리도 생각나고 보고 싶다는 큰언니의 그리움과 아쉬움의 감수성을 어깨너머로 배워본다.

그 시절 전쟁을 겪은 우리 국민들은 몹시도 가난했지만 누구나가, 모두가 겪는 일이기에 아무리 힘들어도 가족이 함께 모여 산다는 것만으로 충분했고, 마음까지 가난해지지는 않았다. 둥글고 커다란 두레반상 앞에 모여 앉아 도란도란. 사랑으로 마음을 채웠다.

너나없이 대견하고 착했다. 나보다는 너를 더 배려하고 기다려주고 보듬어주던 시절이었다. 지나고 보니 그때는 몰랐다. 우리 모두는 부활의 라우렌시오 수사님처럼 고단하지만 순수해서 버릴 데 없이, 양보하고 격려하고 더불어 겸손했던, 서로가 서로에게 하느님의 선물이고 꽃이 되었다는 것을.

부활의 라우렌시오 수사님은 파리 맨발 가르멜 수도원의 주방수사로 구두 수선공이셨다. 엉망인 건강으로 질풍노도

(疾風怒濤)의 삶을 사시며 하느님을 아주 깊이 체험하셨으니, "주님은 저잣거리에서도 만날 수 있고 냄비와 프라이팬 사이에서도 걸어 다니신다."는 아빌라의 성녀 데레사의 정신과 하느님께의 사랑으로 양육된 분이시다.

"지나치십니다. 주님! 제게는 너무도 지나치십니다. 제발 이런 은혜와 위로는 죄인들이나 당신을 알지 못하는 이들에게 주셔서 당신을 섬기도록 이끄십시오. 저는 행복하게도 믿음으로 당신을 아오니, 제겐 그것으로 충분합니다. 그러나 이렇듯 관대하신 당신의 손에서 그 무엇도 결코 거절해서는 안 되겠기에, 하느님, 제게 주시는 은혜를 받아들이겠습니다. 그런 다음 당신께서 저에게 주셨던 것처럼 이것들을 당신께 돌려드리겠습니다. 받아 주시기를 간청하오니, 제가 찾고 갈망하는 것은 선물이 아니고 바로 당신이며 당신 이외의 것으로는 만족할 수 없음을 당신은 잘 알고 계십니다."

〈하느님 현존 수련 '부활의 라우렌시오 수사'〉 p80 참조

행복한 사랑

아기 예수님의 탄생을 하루 앞두고 코로나19로 잠깐 멈춘 바쁜 하루. 충무로 신세계백화점 앞 중앙광장 분수대의 네온으로 장식된 성탄 축하 트리 앞에 서니 이곳을 처음 찾았던 내 어릴 적 일이 주마등처럼 스친다. 나는 9살에 아우를 보았다. 11월 어느 날 어스름이 깔린 저녁 무렵 뛰어가서 산파도 불러왔다. 어린 내가 아기의 기저귀도 빨고 수시로 동생을 업어 키웠으니 참 기뻤다.

그 동생이 몇 달쯤 되었을 때인지 기억이 희미한데, 아마도 이가 나려고 잇몸이 근질거려 아무거나 입에 넣고 깨물 때였을 거다. 당시는 경무대, 지금의 청와대 근처 창성동 기와집에서 고만고만한 무지갯빛 7남매가 살던 시절이있다.

말린 문어 다리가 부드럽고 쫄깃하니 아가들이 젖니 나올 때 빨기에 좋다는 어른들 말씀에 '댕댕댕' 전차를 타고 남대 문시장 근처, 중앙우체국이 있는 동화백화점까지 갔다. 지금 의 신세계 백화점이었다. 말씀대로 마른 문어 다리를 파는 노점상이 있어 사서 언니와 손잡고 돌아왔다. 요게 어린 나 의 동구 밖 첫 외출이었다.

셋째 딸로 막내지만 집안일을 무척이나 잘 도와서 살림 밑 천이라고 예뻐하시던 우리 할머니. 여름이면 장독대 앞마당 작은 꽃밭에 핀 채송화, 봉선화, 분꽃, 활련화, 양아욱, 맨드 라미, 샐비어, 깨꽃, 달리아, 백일홍, 금잔화, 붉고 화려한 칸 나꽃에 물 주고 잡초 뽑고 가꾸는 일은 내 몫이었다. 요즈음 보기 어려운, 추위에 비교적 강한 우리나라 토종 꽃들이었 다. 바지런한 나는 하얗게 고무신을 닦아서 해바른 댓돌 위 에 가지런히 세워 말리고, 펌프질해서 길은 물을 부엌으로 날라서 설거지도 했다. 특히 마늘을 까서 칼자루 뒷등으로 짓찧어서 다지는 일은 내가 좋아하는 일이었다.

그렇게 어린 시절의 파란 하늘에는 꽃구름이 떠 있고 밤 하늘에는 별이 총총했다. 가을이면 국화꽃 향기 뒤로하고 노 랗게 물든 은행잎을 찾아 나선다. 진명여고와 국민대학 앞 을 지나 '댕댕댕' 전차 길을 건너 영추문(迎秋門, 경복궁 서문)

을 지나면 은행나무 가로수 돌담길을 따라 걷게 된다. 칠궁도 있었다. 칠궁은 역대 왕이나 왕으로 추존된 이의 생모인 일곱 후궁의 신위를 모신 곳인데, 보통의 가정집만큼 추레해 출입이 금지된 기와집이었다. 칠궁을 지나서 언덕바지를 오르면 신무문(神武文, 경복궁 북문)과 마주 보며 경무대 정문이 보인다. 그 길에서 햇살에 부서지는 은행잎을 줍다 보면 이승만 대통령 내외분이 산책하는 모습도 아주 가까이에서 볼 수 있었다.

이렇듯 평화로운 일상은 우리 집안이 4년여의 피난살이 끝에 어렵사리 얻은 행복이었다. 어머니는 홀로 어린 6남매를 데리고 당시 법조인이셨던 아버지가 어찌어찌 제주도 모슬포로 피난 가셨다는 소문을 듣고 따라 내려가셨다. 그곳에서 환경과 문화의 차이를 겪었다고 하신다. 당시 제주도는 화장실에 '도새기'가 있었고 인분으로 키웠다. 그 똥돼지(쓰기는 똥돼지라 쓰고 읽기는 흑돼지라 한다)가 꿀꿀거리며 달려들어서 난감했다고 언니들은 회상한다. 돼지는 인분이 변질되기 전 바로바로 섭취하기에 인분에 포함된 미생물과 유산균 등이 돼지의 면역력을 강화시켜 준단다. 또 하나는 어린 내가 툇마루에 앉아 있을 때 작은 뱀이 살그머니 달려들었는데 마침 작은오빠가 고무신을 벗어 들고 때려잡아서 일촉

즉발의 위기를 면했다고 한다.

　그러다 대구 칠성동으로 옮겨가서 일곱 살까지 살았다. 동네 굴다리 아래 길은 새까만 석탄 가루로 질척거렸고 개천과 도랑이 유난히 많은 동네였다. 그 마을 동무들을 따라서 돌돌거리며 어느 마당 너른 집을 구경 갔었다. 아주 많은 누에가 뽕잎을 뜯어먹고, 한쪽에서는 베틀과 물레질로 시끌시끌, 왁자했던 기억이 난다. 아마도 씨줄 날줄 엮는 비단 집이었나 보다. 이사 다니던 집 중 귀신이 나온 집도 있었다. 여러 가구가 살았는데 새벽에 엄마가 문틈으로 하얀 옷에 긴 머리를 풀고 왔다 갔다 하는 여자를 몇 번이나 보셨단다. 그 집에 살 때 머리 푼 귀신을 생각하다가 화장실에 발이 빠지기도 했다. 가난을 밥 먹듯 하는 그때 무슨 뜻이 있으셨겠지만 엄마가 떡을 사다가 내게 먹이셨다.

　고단한 피난살이 몇 년 후, 내가 초등학교 입학할 무렵 이번 참에 할머니와 오빠 둘이 기다리고 있으니 돌아가야 한다며 서둘러 서울행 기차를 탔다. 몹시도 추운 겨울, 풀무질해서 조개탄을 사용하고 놋 화로에 숯불을 피우고 아랫목에서 담요 덮고 고구마랑 가래떡을 구워 먹던, 사랑으로 평화로운 시절이었다. 그때 나는 경상도 사투리를 쓰는 꼬마 아가씨로 지방에서 올라왔지만 나름 학교생활을 잘 해나가고 있었다. 졸업할 즈음 지금도 잊히지 않는 사건이 터졌다.

그때 무슨 시험을 치르던 때였다. 시험이 거의 끝나가던 시간에 갑자기 총소리가 나기 시작했다. '따따따다' 이게 무슨 소리지? 나는 처음으로 듣는 소린데 그게 총성이란다. 처음에는 실감도 안 나고 무섭지도 않았다. 그 소리에 선생님들이 왔다 갔다 우왕좌왕하시더니 집으로 돌아가란다. 몇 명씩 줄을 세워서 집으로 가는 방향으로 편성을 하고 큰길을 지나 어느 정도 데려다 주시더니 "곧장 집으로 들어가야 한다"고 당부하셨다. 콩 볶는 총소리는 한참을 더 들렸다. 그 일이 4·19혁명이었다. 며칠 후 조용해진 틈에 살며시 전차 길로 나가보니 핏자국이 여기저기 참 많이도 자리했다. 그제야 몸서리가 쳐졌다. 무섭고 어수선한 날들이었지만 맡아 놓고 귀지를 파드리던 할머니가 계셨고, 믿음과 사랑이 크신 부모님 밑에 또 형제들과 함께했기에 힘들었던 기억도 이렇게 그리움으로 남는 모양이다.

뒤돌아보니 생각이 모자라 지나친 일들로 아쉬움이 크다. 가난하고 춥던 피난살이 와중에 "발을 헛디뎌서 빠졌으니 얼마나 놀랐을까." 다독이며 떡을 사다 먹이신 따뜻하고 강인한 내 어머니의 사랑을 몰랐다. 예쁘게 물든 낙엽을 찾아다닌 소녀 시절에는 엄마 나무의 슬픔을. 추운 겨울을 넘기려 어렵사리 제 새끼인 이파리를 털어 던지는 빈 가슴의 지혜를. 엄마에게서 버림받고 떨어져 짓밟히는 아가의 부서진 마음도 생각 못했다. 그럼에도 내가 가꾸던 꽃밭의 베어진 풀은 아픔 속에서도 향기를 퍼뜨린다. 희생이고·사랑이었다. 이렇게 모든 상처를 알록달록 기쁨으로 포장해서 가족과 이웃에게 베푸는 사랑과 나눔의 영성.

예수님은 마태 5장의 산상수훈을 통하여 참 행복은 사랑으로 자기 자신을 선물할 때 얻는 것이라고 말씀하신다. 오늘 달력의 마지막 장을 프란치스코 교황님의 말씀으로 정리해본다.

"인생은 당신이 행복할 때 좋습니다. 그러나 더 좋은 것은 당신 때문에 다른 사람이 행복할 때입니다."

사랑을 주세요, 사랑을!

아이들마다 개성이 있고 특징이 있다. 활동적인 모습이 산만해서 ADHD증후군(주의력결핍 과잉행동장애)을 떠올릴 정도로 건강한 아이도 있다. 이런 아이들이 크면 도리어 의젓하게 행동하는 경우도 많다. 아이들은 열 번 변한다는 말도 있지 않은가. 세상의 모든 아이들은 소중하고 귀엽다.

내 막내 손자 놈은 참 곰살맞고 싹싹하다. 가끔씩 보고 싶어 전화를 한다. 언제나 사랑이 고픈 나는 "할머니, 사랑해요."를 되돌이표로 청한다. 이 녀석 대답이 재미있다.

"어차피…, 그런데 할머니는 왜 자꾸자꾸 물어봐요?"

아주 의젓하게 되묻는다. 요즘 아이들 참 대단하다. 단어 사용법이 뚝 부러진다. 매번 듣는 말이 매번 똑같으니 듣기

싫다는 뜻이다. 그래 맞다. 요 녀석이 할머니를 사랑하기는 하는데 귀찮은 것은 귀찮다는 말이다.

위로 두 녀석은 언제부터인지 뽀뽀도 안 한다. 꽤나 오래된 듯하다. 요렇게 할머니하고 맞장뜨고 놀이하는 것도 한두 해면 끝나겠지. 할머니에 대한 그리움과 추억을 심어주려고 명절이면 열심히 윷놀이와 공기놀이를 함께한다. 한참 지난 뒤 내가 모르는 척 "윷놀이 어떻게 하지?" 하고 윷판을 내놓으면 요 녀석, 하나하나 실제로 던져가며 설명해준다. "할머니 요건 '도'구요, 요렇게 두 개 뒤집히면 '개'구요." 얼굴을 쳐다보며 할머니가 알아들었는지를 확인하며 일러준다. "요렇게 되면 '빽도'구요. 한 번 뒤로 가는 거야요." 참 친절도 하다. 흰머리도, 할머니 앞니도 이상한 거는 다 물어본다. "아! 그래서 할아버지 머리도 그렇구나." 아들보다 손자 녀석이 더 관심을 가져주니 고맙다.

또 함께 놀아주는 코너가 있다. 더하기, 빼기, 곱하기, 나누기. 꽤 말귀도 잘 알아듣는다. 그러다가 재미없는지 한마디 한다. "뭐 그렇게 쉬운 거를 내요?" 제법 까불기도 한다. "요거는 선생님하고 나만 할 줄 알아요." 시계도 어지간히 볼 줄 안다. "할머니 전화한 지 벌써 52분이나 됐어요. 너무 오래 했어요. 그만 끊어야겠어요." 어느 날은 하는 말이 재미있다. "할머니 5시 반밖에 안 됐는데 엄마가 벌써 저녁밥 먹으라네요."

　그 녀석 본 지 오래라고 잠깐 두 부자(父子)가 찾아왔다. 궁금한 건 나도 물어보아야 한다. "민규야! 할머니하고 전화로 나누기, 곱하기 하는 거 재미있니?" 요 녀석 싱글싱글 웃는다. "솔직하게 말해도 돼요?" 벌써 예감이 불길하다. 물어본 내가 구차스러워진다. "그래 솔직하게 말해봐." "싫어요. 흐응. 그래도 할머니하고 팔씨름하는 건 재미있어요." 에구머니나, 이런 이야기는 안 물어보는 것이 나은데. 궁금한 것 좋아하다가 내 발등을 내가 찧었구나. 내가 눈높이를 어찌 맞추어야 할지. 게임도 못하니 말이 안 통한다. 어쩌나, 슬픈 할머니다.

　어려서부터 '뱃구레'가 커서 먹성이 좋았다. 보행기 타고 다닐 때도 어미가 우유 타는 것을 보면 보행기에서 좋다고 팔짝팔짝 뛰던 녀석이다. 이날도 귤, 사과 등 과일을 번갈아가며 다 먹어 치우고 과자도 열심히 먹는다. 이렇게 먹성이 좋으니 요 녀석 힘이 점점 더 세진다. 팔씨름은 재미가 있다니 그나마 다행. 아직은 더 데리고 놀 만하다. "이제 늦기 전에 가야지" 하며 아비가 일어서니 따라나선다. 현관에서 신발을 신고서 하는 말이 "할머니, 먹다가 좀 남았는데, 과자

좀 싸 주시면 안 돼요?" 시치미 떼고 싱글거리는 이 녀석, 참 성격 좋다. 누굴 닮았을까.

우리가 이사 오던 그해 저녁식사 뒤, 운정 호숫가 찻집에서 아이들은 아이스크림을 먹었다. 저쪽에 있던 녀석. 할아버지한테 말없이 살며시 다가선다. '아니, 쟤가 왜 이리 올까?' 세상에나 글쎄! 아이스크림을 한 수저 듬뿍 떠서 할아버지 입에 넣어드린다. 신통한 제 모습에 저도 흐뭇해 웃는다. 아! 어찌 사랑스럽지 않을까. 눈에 넣어도 안 아플 내 귀염둥이 아가야!

성경 속의 아가서[雅歌書]를 우리는 '노래 중의 노래'라 또는 '솔로몬의 노래'라 칭한다. 중세 신비주의는 다윗 왕조 때 쓰인 이 책을 그리스도와 인간 영혼 간의 사랑에 적용하여 해석했다. 다디단 주님의 사랑을 어찌 이리 아름답게 쓸 수가 있었을까. 그 사랑이 우리 아가처럼 무지 큰가 보다. 아가서의 주님이 그리워진다.

제대로 못 따르면서 왜 내 맘껏 안 해주시는지를 계속 조르고 기다릴 여유 없다고 심술을 부린다. 나는 지금도 철이 없다. 기다림의 영성, 그 역시 모자란다. 무엇이든 내 양이

안 찰 때는 "사랑한다." 했던 말을 "몰라."로 바꾼다. 틈만 나면 뿔난 망아지처럼 이리저리 받아치는 버릇없는 내가 된다.

빛으로 가득한 밤

어제 대퇴부가 부러지고 당뇨, 심부전, 백내장, 녹내장, 고혈압, 치매 등 요즘 말로 중증 종합병원이 되신 90세 어머니를 우리 집으로 모셔왔다. 15년간 대퇴부 골절로 병고에 시달리셨다. 그럼에도 늦둥이 아들 내외의 헌신으로 대접받고 지내시던 집을 떠나 우리 집으로 모셔온 것이다. 직장 생활을 한다는 핑계로 하루도 모셔보지 못했던 죄책감이, 119 구급차에서 우리 집 거실에 어머니를 모시는 순간에 싹 가셔지는 것은 따뜻해진 날씨 때문만은 아니었으리라.

노틀담 사랑터 수녀님 말씀처럼 그리고 마더 데레사 수녀님의 온정의 집 수녀님 말씀처럼 할머니들은 더 깔끔하고 좋은 옷, 좋은 음식을 대접해서 섬겨야 한다는 말씀을 생각하며 예쁜 그릇과 화사한 색깔의 수건 등을 챙겨놓았다. 늦은 밤 바쁜 시간 중에 틈을 내서 들른 동생은 여러 종류의 병원 약을 드리는 방법과 기저귀 가는 방법을 시범 삼아 보여주었다. 사랑이 담긴 동생의 능숙한 손길을 보며 삶의 질은 0%로 떨어졌지만 그래도 참 착한 아들을 두신 엄마가 부러웠다.

　다음 날 엄마가 내 집에 계시지만 하루의 시작은 미사로 시작하기에 새벽 미사를 다녀오다 3층 계단에서 발을 헛디디면서 굴러떨어졌다. 마스크를 쓴 탓이었을까. 아님 엄마가 와 계시다는 급한 마음이었을까. 계단 중간에 놓아둔 고무 물통에 머리를 박으면서 구르기를 멈춘 나는, 순간적으로 어머니 데레사의 부르고스 가르멜 수녀원 설립 때 심한 폭우와 천신만고 여행에서 주님과 나눈 대화가 떠오른다.

　"주님, 엎친 데 덮친 격으로 이런 일까지 당하게 하시다니요." 그러자 주님은 대답하신다. "데레사, 나는 이런 식으로 친구를 대한단다.""아, 주님, 그러니까 주님은 친구가 그렇게 적으시죠!" 주님이 반문하신다. "내가 언제 너를 돕지 않은 때가 있었는가?"

4번 추간판탈출증(허리 디스크)에 테니스엘보로 팔도 제대로 못 쓰는 내가 엄마를 모실 용기를 낸 것은 우리 가르멜 신부님의 말씀 때문이었다. 예전의 순교는 죽음이었지만 '현대의 순교는 희생과 고행이다.'는 말씀이었다. 깊어진 환자인 엄마의 삶을 통해 나를 좀 더 정립하고 예수님께 나를 맡기고 싶었다. 별일 아닌 일로 부모, 형제들과 어긋나고 서글픈 감정의 골을 주님께의 사랑으로 승화시키고 싶었다. 내가 쉽게 여기고 하찮게 본 가족과의 관계 형성을 귀하게 여겨야만 보물이 되어 맺힌 매듭의 골을 풀 수 있으리라.

세상살이는 끝없는 고행의 길이다. 그럼에도 어쩌나! 그 고행의 길은 주님께서 사랑하시기에 내게 주신 일용하고 극복해야 할 양식이며, 우리 사모님의 말씀처럼 다 지나가는 것임을. 살면서 겪는 모든 일은 우리를 정화하고 영혼이 하느님과의 신비로운 결합을 위해서 거쳐 가야 하는 세 가지 밤이며, 결국에는 하나의 밤이라고 십자가의 성 요한은 이야기하신다.

그 첫째 밤은 감성의 밤(초저녁)으로 토비트서(6:18~19)에서 세상 것을 좋아하고 그에 정 붙이는 마음인 염통을 불에 태우라고 라파엘 천사가 말한다. 이 애념과 애집의 마음은

하느님께 나아가기 위하여 온갖 피조물의 것에서 하느님의 불로 불살라지고 씻겨져야 한다. 둘째 밤은 믿음의 밤(깊은 밤)으로 믿음의 아버지들인 성조(聖祖)들의 모임에 감성의 모든 대상을 끊은 영혼이라야 들어설 수 있고, 하느님과 가장 깊게, 가장 은밀하게 사귀며 믿음 안에 머무를 수 있을 것이라 한다. 셋째 밤인 하느님의 밤(새벽녘)은 영혼의 짙은 어둠 속에서 귀결되며, 하느님과 사랑으로 결합될 때에야 생기는 일이다.

우리들의 사부이신 십자가의 성 요한의 노래인 여덟 노래 중 첫째와 둘째의 노래는 우리 인간의 감각적 부분 및 영적 부분의 정화를, 나머지 여섯 노래는 영적 비춤과 하느님과 사랑의 합일을 노래한다. 이 노래가 상처투성이의 영혼을 다스리는 데에 많은 일깨움을 주었다.

하릴없이 나를 잊고
님께 얼굴 기대이니
온갖 것 없고 나도 몰라라
백합화 떨기 진 속에
내 시름 던져두고

(십자가의 성 요한의 노래 8)

생각과 말과 행동의 나

오래전의 일이다. 살살살 초보운전 시절이었다. 아침 6시 30분 출근길에 접촉 사고가 일어났다. 건너편 사거리에서 좌회전 신호를 받고 나오던 봉고 트럭 아저씨가 우회전하는 내 앞쪽을 살짝 받았다. 물론 속도감은 없었다. 일종의 찰과상 정도로 가벼운 접촉 사고다.

이 아저씨, 나보다 아주 한참 후에 차 밖으로 나오면서 "아줌마, 그렇게 운전하면 어떻게 해요." 하며 소리를 버럭 지르는 것이 아닌가? 이른 아침임에도 순식간에 사람들이 구름처럼 몰려들었다. 참으로 황당한 순간이었다. 너무 늦게 차에서 나오니 출근길의 나도 화가 났다.

"아저씨, 목소리 크면 이기는 건 줄 아세요? 경찰 부르면 되잖아요? 경찰을." 이 아저씨 그 순간 180도 바뀌는 표정이라니. "아저씨 딸도 취직 시험 보러 간다면서, 서로 운이 없어서 이리 된 거니까 면허증 보여주시고 빨리빨리 해결하고 늦지 않게 가셔야 시험에 붙을 것 아니에요."

무식하면 용감하다더니. 뒤에 풀어보니 내가 잘못했다는 것이다. 문제는 그때는 전혀 내가 잘못한 것을 몰랐다는 점이다. 아저씨한테서 술 냄새가 난 일도 나중에 생각이 났다. 그 아저씨는 음주 운전으로 많이 당황하셨던 듯. 내 첫 번째 영광의 딱지를 떼는 하루의 시작이었다.

아! 얼마나 많은 사람들이 자신은 똑바로 보지 못하면서 남의 허물은 그리도 잘 보는지? 내가 잘못했다는 이야기다. 나는 큰 사거리 쪽으로 우회전했다. 그런데 건너편에서 좌회전 신호 받으면서 잘 도는 상대방 차의 방해물이 된 것이다. 내 탓으로 취직 시험 볼 귀한 딸을 태우고 가던 부녀의 가슴에 멍을 남겨놓은 것이다. 어쩌자고 상대편 면허증을 내놓으라고, 큰소리치는 배려 없는 옹색한 마음을 가졌을까? (지금 생각하면 정말 미안하고 미안하다)

오늘은 설거지하다가 쌓아놓은 식판을 떨어뜨려 시퍼렇게 멍들고 부풀어 오른 조리원의 발등을 보면서 시린 가슴을 어루만져야 했다. 새벽에 일 나가는 사랑하는 아내의 위생복까지 깨끗이 빨아서 가방에 차곡차곡 넣어주곤 했다는, 아줌마의 먼저 떠난 짝꿍 씨가 생각이 나는 건 아직 내가 따뜻한 영혼을 지녔다는 이야기일까? 위안을 해본다.

선입견 없이, 많고도 많았던 조언(助言)을 사랑으로 받아들였다면 나도 180도 바뀐 세상을 살고 있을까. 반추해본다.

시편 139편1~2 // 주님, 당신께서는 저를 살펴 보시어 아십니다. 제가 앉거나 서거나 당신께서는 아시고 제 생각을 멀리서도 알아채십니다. //

어둠을 밝히는 빛은
생명이며 희망인 것을

　친구들과 처음 비행기를 타고 해외여행을 한 때였다. 동남아로 가는 비행기는 꼭 밤중에 출발한다. 갈 때는 긴장해서 잘 못 보았는데 돌아올 때 비행기 위에서 내려다본 밤하늘은 참으로 멋지고, 서울로 가까이 올수록 환상적이었다. 색색의 신호등은 루비, 에메랄드였고, 흰색 네온은 반짝반짝 다이아몬드, 노란 등은 황금이었으니 지상에서 열린 별들의 향연이 아니고 무엇이겠나. 밤 비행기는 그 후에도 몇 번 타보았지만 처음 초대받았던 그 밤의 찬란한 보석의 꽃밭은 지금도 아름다운 추억으로 피어오른다.

　경복궁에 전등이 켜진 건 1887년. 사대문 안에 살던 내가 초등학교에 들어가고 한 1년쯤은 호롱불 켜고 살았다. 흔들리는 호롱불 아래에서 수틀에 자수를 놓는 언니의 모습이 떠오른다. 그 당시 등잔불, 양촛불을 아끼기 위해서 많은 형제들이 한자리에 모여서 각기 할 일을 하였다. 지금 그림을 그려본다면 참 오순도순 아기자기한 시절이었다. 어두침침한 그 밝기가 등잔 불꽃이 가장 환한 상태였다. 석유가 들어오기 전, 그리고 전등이 없던 시절에는 등잔에 콩기름, 피마자 기름 등의 식물성 기름을 부어 어둠을 밝혔다.

밤에 반딧불처럼 희미한 석유 등잔불을 켜고 살았을 때는 별로 불평 없이 살았다. 이웃 사람 전부가 그렇게 살고 있으니 그건 당연한 생활방식이었다. 그리고 다림질은 바닥이 매끄러운 무쇠로 만든 대접에 긴 자루를 끼우고 숯불을 담아 쓰는 숯다리미, 숯불이나 연탄불 위에 올려놓고 뜨거워졌을 때 사용하는 인두를 사용했다. 무명옷이나 모시, 삼베 등으로 만든 어르신들 옷은 풀을 먹여서 바싹 마르기 전에 천 올의 방향으로 곧게 펴 접어서 큰 광목천으로 싼 다음 발로 꼭꼭 밟아 햇볕에 다시 널거나 다림질했다.

언니들은 동복 바지를 잘 접어서 요 밑에 넣고 자면 아침에는 다림질한 것처럼 주름이 곱게 났다. 그 대신 곱게 자야했다. 상의에 흰색 칼라를 덧대서 깔끔하게 입고 나서면 참

단정하고 우아하게 보였다.

심지가 두 개인 쌍심지는 조금 더 밝았다. 사기로 만든 하얀 등잔은 유리등의 그을음을 깨끗하게 닦아 쓰곤 했다. 석유는 잘 날아가지 않기 때문에 한참 동안 손가락에서 석유 냄새가 났다. 달그락거리는 소리에 어머니가 한마디 하신다. "밤에 불 갖고 장난하면 자다가 이불에 오줌 싼다." 그 다음에는 양촛불을 켰고, 그 후 전깃불이 들어왔을 때는 모두가 환호했다.

지금은 어떤가. 오늘날은 밤에도 밝은 상태가 내내 유지된다. 과도하게 밝은 인공조명으로 인해 환경뿐 아니라 인간의 건강을 걱정할 지경이다. 빛 공해로 낮과 밤을 구분하지 못하는 동물들이 먹이사냥이나 짝짓기에 어려움 겪으며, 이는 결국 생태계 교란으로 이어진다. 또 과도한 인공조명 때문에 식물이 계절에 맞지 않게 싹을 틔우거나 꽃을 피우기도 한다. 꿀벌 나비 등의 경우 생체리듬이 교란되면서 식물 가루받이를 제 시기에 하지 못하는 경우가 늘고 있다. 인공조명에서 나오는 청색 광에 과도하게 노출되면 생체리듬에 관여하는 호르몬인 멜라토닌의 분비가 억제되고 체중 증가, 스트레스, 우울증을 야기하는 것은 물론 유방암이나 전립선암의 발병률까지 높이며, 눈 건강과 수면에도 장애가 생긴다.

그리스 신화에서는 프로메테우스가 신으로부터 불을 훔쳐내어 인간에게 주었고, 우리의 단군신화에서는 단군의 셋째 아들 부소가 불을 발명하였다. 세상에 맹수와 독충이 생기고 돌림병이 퍼져서 많은 사람이 죽자 부소가 부싯돌을 만들어 불을 일으켜 해로운 것들을 물리쳤다. 부싯돌은 부소의 돌이란 말에서 유래했다.

마태 25장 ∥등불을 켜고 신랑을 맞으러 나간 열 처녀 이야기∥, 십자가 성 요한의 『어두운 밤』, 시편 119:105 ∥주님 말씀은 내 발의 등불. 저의 길에 빛입니다.∥등을 보면 모든 물체는 빛으로 말미암아 그 실체를 드러내고 아름다움을 보임을 이야기한다.

어둠 속에서는 진실을 알 수가 없다. 등은 어둠을 밝히는 광명의 상징이요 믿음이며 가야 할 길을 알려주는 가치다. 어둠은 죽음이요, 빛은 생명이고 희망인 것이다.

기후 위기와 극한의 여름

오래전에 누비 차렵이불을 구입해놓고 잊고 살다가 삭아서 버려지는 건 아닌가 싶어서 꺼내 덮었다. 손질이 어렵고 다른 이불도 많았으니 요와 이불은 장롱 속에서 조용히 잠자고 있었던 모양이다. 도대체 한 철에 몇 개의 이불을 쓰는 것인지, 과잉 소비와 사치의 시대다. 날이 더워지니 얼마 덮지도 못하고 홑청을 뜯어, 삶고 만지고 시쳐놓으니 참한 새색시처럼 얌전해 보인다. 마음도 개운하다. 이른 아침 수영을 다녀오니 그 덕에 기분이 상쾌해진다.

기분 좋은 일에 마(魔)가 낀다고 수영장을 나서는데 아무런 일 없이 발을 접질렸다. 주인 닮아 오래되어 아프다는 전자제품들. 무더운 날씨에 에어컨까지 들락날락한다. AS 기사님은 기계는 옛것이 더 좋다며 실외기가 열을 받으면 큰일을 안 내려고, 꺼졌다 켜졌다 반복하니 실외기 근처에는 아무것도 놓지 말고 호스로 물을 끼얹어 열을 내려주고 깨끗이 닦아주라신다.

실외기 청소로 에어컨이 부활하니 살펴주는 마음이 또한 고맙다. 내가 오늘 하루 얼마나 환경을 많이 오염시켰을까, 아껴 쓰고 고쳐 써서 조금이라도 에너지를 절약했을까. 우리가 아침부터 잠드는 시간까지 먹고 마시고 버리는 것들을 조금씩만 절약하고 절제한다면 나를 비추는 거울에도 먼지가 덜 쌓이고 그만큼 더 반짝이지 않을까.

감사하는 마음으로 마리아 어머니 곁에 앉아본다. 그야말로 석기시대나 겨우 넘어섰을 것처럼 머나먼 옛날, 맑고 곱고 여린 16살의 마리아! 어린 나이에 결혼하고 아가를 낳으셨지. 그 나이에 아가를 기르셨으니 참 대단하시다. 우물가에서 서툰 몸짓으로 두레박질하고 물동이를 머리에 이어 나르고, 불을 지펴서 밥이며 찬거리를 준비하고 또 빨래터에서 기저귀 빨래는 어찌 하셨을까? 비누 대신 잿물을 쓰셨을까. 물이 귀한 그 시절에 설거지와 청소는 또 어떻게 하셨을까. 로봇으로 집안 청소하고 전기제품이 살림해주는, 풍요로운 디지털 시대의 주부들인 우리는 그저 애달픈 죄스러움으로 어머니의 삶을 그리어 본다.

　『찬미 받으소서』는 현대 가톨릭의 사회 교리가 출현한 이래 가장 중요한 교황청 행동자료집으로 지구를 위한 기도, 그리스도인들이 피조물과 함께 드리는 교황님의 간절한 기도문이다. 의정부교구에서도 특별사목교서를 통하여 가정(개인), 본당, 교구에서 생태환경 지킴이로서 할 수 있는 구체적인 행동을 실천 지침으로 내놓고 통합적이고 연계된 접근을 하고 있다.

오두막

신앙인들은 흔히 신비 체험을 원한다. 특별한 이유가 있기도 하겠지만 하루의 시작을 기도와 미사로 시작하고 기도로 끝맺음을 하는 나날을 지내다 보니, 그건 그래서 그렇고 요건 요래서 요렇다는 식으로 명쾌하게 주님을 느끼고 싶어한다. 몸과 마음이 소란스러울 때 꺼내볼 나만의 주머니에 간직할 거리를 원한다. 별일 없는 평범한 일상이 얼마나 소중하고 위대하며 기적 같은 보물인지를 옆에서는 강조하지만 알고 싶지가 않다. 하여 '시행착오를 하더라도 내가 직접 해보아야겠다'고 이 모임, 저 모임을 기웃거려본다.

그럼에도 그날이 그날처럼 주님을 따르는 일에 온 마음을 다하여야 하는 이 시대의 우리는 참으로 눈뜨고 귀 열고 살지만 한편으로는 눈감고 귀 닫고 입 다물고, 다스리지 못한 감정으로 "내 탓이요. 내 탓이요." 하며 가슴만 친다.

남녀로 가르고 세대로 가르고, 이렇게 저렇게 갈라 치고 눈만 뜨면 편 가르다 못해 패거리까지 만든다. 나만이 선이고 나와 다른 너는 악이라 이름 짓고 분노한다. 인간관계에서 독이 되는 분노로 내 편이랑만 옹골지게 살겠다는 고래 싸움에 새우등이 터진다.

우리가 몇십 년간 받은 교육의 하나로 어떤 문제에 대하여 여러 사람이 각자의 의견을 내세워 그것의 정당함을 논하는 토론의 의미를 내동댕이치니 말의 품격은 멀리 도망갔고 주님께서 너를 나보다 더 사랑하신다는 평범한 진리 역시 까무룩 잊고 지낸다.

지인이 신부님의 추천이라며 신앙의 눈으로 보는 영화 〈오두막〉을 다운받아 보기를 권한다.

미 중서부에 사는 아일랜드계 농부인 아버지. 손에 굳은살이 박이도록 농사에 열심인 성실한 농부이지만 술만 드시면 폭력을 행사하는 아버지. 맥은 아버지를 증오했다. "엄마를 보호하고 싶은데 못하겠어요." 상처투성이의 몸과 마음을 이웃의 아주머니가 달래어준다. "하느님께 말씀드려라. 늘 듣고 계시니까."

성장하여 크리스천인 아내를 만나서 가정을 꾸린 '맥'은 교회에는 건성이지만 1남 2녀를 둔 착실한 남편이자 사랑으로 가득한 아빠가 된다. 어느 날 3남매를 데리고 야외에 나간 '맥' 가족에게 끔찍한 사고가 발생하고, 그 혼란 속에서 귀염둥이 막내딸인 미시가 유괴범에 의해 오두막에서 살해된다.

그 후로 이 가정은 '내 탓으로 막내 미시가 죽었다'고 자책하는 온 가족의 슬픔으로 엉망이 된다. 밤새 내린 눈으로 설국처럼 변한 어느 날 아침, 눈밭에 발자국 하나 없이 주소만 적혀 있고 우표도 붙지 않은 초대장 한 통이 날아온다. 아빠 '맥'은 홀린 듯 '미시'가 살해된 현장인 오두막으로 향한다. 그리고 하느님 '파파'(어린 시절 늘 위로가 되어주던 옆집 아주머니가 분장한 모습)와 예수님으로, 또 성령으로 상징되는 사라유 세 분의 삼위일체를 만나며 자신이 어린 시절부터 의문시한 여러 이야기를 풀어나간다.

왜 하느님은 가족을 괴롭히고 폭력을 행사하는 술주정뱅이 아버지를 막지 않으셨는지, 어린아이들을 살해하는 살인자를 벌하지 않으신지. '파파'는 이렇게 설명하신다. 아버지인 '맥'이 두 자녀가 전혀 다른 성품을 가졌다고 어느 누구를 더 예뻐하거나 미워할 수가 없듯이, 하느님 당신도 그러하다는 것을. 아버지 '맥'이 3남매 모두에게 골고루 사랑을 주는 것처럼 창조주이신 아버지께서는 그 깊고 넓은 사랑으로 어떤 영혼도 심판을 아니하시고 인내로 기다리신다는 것을.

'오두막'의 예수님은 '맥'에게 물 위를 걷는 법도 가르친다. 마음속에서 일어나는 분노, 혼란 등 분심에 사로잡히지 말고 깊은 심호흡을 하고 주님인 나를 바라보아라. "Look at me."

이 세상에 살며 신을 따르려는 의지가 있는 한 악도 그 빈틈을 파고든다는 것. 신이 악의 장난에도 이를 막지 않으시는 이유는 우리의 영은 더 단단하게 뿌리를 내리며 엄청나게 큰 비극일지라도 그보다 더 좋고 뛰어난 것을 끌어내기 때문이다. 왜냐하면 사랑은 그런 것이니까. 결국 '맥'은 아버지를 만나 화해하고 미시가 천국에서 행복하게 지내는 것도 바라본다.

이렇게 혼돈으로 뒤엉킨 하느님의 정원! 그럼에도 하루하루 기다리고 가꾸어 땅을 고르고 뿌리 깊은 악(惡)도 캐내 버리고 선(善)의 씨앗을 뿌릴 때 그것이 자라서 커다란 그늘을 만들고 온갖 새들이 깃드는 우람한 나무가 되는 것이다.

어느 날 아침, 식사를 준비하며 감사의 마음으로 나래를 편다. 서로에게 꽃이 되고 나비가 되니 이렇게 아름다운 하루의 시작을 기뻐한다. 그럼에도 저녁에는 별일 아닌 것으로 성내고 다퉜음을 다시금 성찰한다. 주님을 바라보는 일에는 습관적으로 서툴고 약빠른 나는 그분께 능청맞게 기도한다.

주님 사랑으로 다시금 용서하시어요!

위기를 기회로

코로나19가 세상을 블랙홀처럼 삼킨 지 오래다. 자영업자들의 매출은 80%나 줄었지만, 사랑은 줄지 않았다. 결식아동에게 밥 먹이고 도와주며 어려운 사람을 품어주는 따뜻한 가슴이 있었다. 키가 큰 상대를 견제하기 위해서 체중이 무거운 선수를 투입하는 어리석음에서 벗어나 보이지 않는 갑옷으로, 방패로 무장하는 우리들은 기쁨이고 희망이다. 슬럼프나 우울, 권태기는 늘 예고 없이 닥친다. 불안과 혼란 속의 내게 누가 손을 내밀 것인가. 그건 바로 나다. 이환위리(以患爲利), 전화위복(轉禍爲福). 위기를 기회로 승화시킬 절호의 찬스!

서양 미술 사상 가장 위대한 화가 중 하나로 평가받는 빈센트 반 고흐(1853~1890)는 영혼의 화가, 빛의 화가, 해바라기의 화가다. 네덜란드 개신교 목사의 아들로 태어났으나 당시 일반적인 기숙학교에 적응하지 못했다. 영국과 프랑스를 떠돌면서 책방 점원이나 선교사 일도 해보지만 많이 방황했으며, 내성적이고 고집 센 고흐를 감당할 사람은 없어 보였다. 고흐는 혹독한 가난과 외로움 속에서, 열정적인 삶을 살았다. 37년을 사는 동안 9년 남짓 그림을 그려 900여 점의 걸작을 남겼다. 글쓰기 역시 좋아했으며 수시로 가족들에게 편지를 썼다. 남아 있는 것만 800통가량.

　그는 자신의 앞날을 예언하듯 명언을 남긴다. 아마 내 마음도 19C 고흐와 같지 않을까.

　'대부분의 사람들 눈에 나는 무엇일까? 나는 아무것도 아니다.

　별 볼 일 없고 유쾌하지 않은 사람.

　전에도 그렇고 앞으로도 절대 사회적 지위를 가질 수 없는, 짧게 말해 바닥 중의 바닥.

　그러나 이 모든 얘기가 틀림없는 진실이라고 해도 언젠가는 내 작품을 선보이고 싶다.

　이 보잘것없고 별 볼 일 없는 내가 마음에 품은 것들을.'

어쩌면 동생 테오를 제외하고는 그에게 시간을 함께 보낼 친구가 없었기 때문에 그림 그리기에 몰두하는 것이 가능했을지도 모른다. 인간관계에 서툴러 상처가 많았던 그. 책을 펼치면서 바로 옆에서 숨을 쉬듯 생생하게 살아나는 소설 속 인물들로부터 위안을 얻었을 것이다. 옹이진 나무가 마지막까지 홀로 타듯이 불안과 불꽃의 화가 고흐 역시 고독 속에서 명작을 남긴 것이 아닐까.

단테 알리기에리(1265~1321)는 호메로스, 셰익스피어, 괴테와 함께 세계 4대 시성(詩聖)으로 불린다. 현대 시인들의 상상력의 보고이자 내세의 영혼 세계를 상세히 그린 단테의 걸작 〈신곡(神曲)〉은 조국에서 추방당한 자신의 개인적 고난을 극복하는 한편 고전에 정통하고 철학과 정치학, 신학을 넘나들었던 단테의 탁월한 지성이 담긴 작품이다.

'우리 살아가는 길 중간에/ 나는 어느 어두운 숲 속에 서 있었네/ 곧은 길이 사라져버렸기에.'

이탈리아의 가장 영향력 있는 장편 서사시 〈신곡(神曲 · La Divina Commedia)〉의 시작이다.

인생의 길을 잃은 한 청년이 지옥, 연옥, 천국을 가게 되면서 벌어지는 일을 그린 서사시로 한 여인을 통해 신의 구원을 받게 되는 이 작품은 서양 문학의 백미(白眉)다.

몰입도와 흥미가 가장 높은 것은 지옥 편이다. '지옥의 가장 뜨거운 자리는 도덕적 위기의 시대에 중립을 지킨 자들을 위해 예약되어 있다'라는 지옥. 친족을 배반한 자들과 신의와 조국을 배반한 영혼들이 벌을 받는 곳으로 어떤 곳인지 생생하게 묘사하고 있다. 지옥의 가장 큰 벌은 영원히 죽지 않고 고통받는 것이다. 육신은 죽었으나 영혼은 죽지 못하고 지옥에 가서 끊임없이 벌을 받는다. 제발 영혼까지 죽여달라는 외침이 인상적이다.

단테는 "내가 가면 누가 남고, 내가 남으면 누가 가는가?"라는 유명한 문장으로 인간의 속세 및 영원한 운명을 심오한 그리스도교적 시각으로 그리며 한 여인에 대한 불타는 열정으로, 불후(不朽)의 명작을 남긴다. 베아트리체에 대한 사랑의 이야기인 동시에 신을 향한 구원의 기도인 것이다.

빈센트 반 고흐는 자학과 기행으로 얼룩진 음울한 화가, 고독한 예술가로 불우한 삶을 살았지만, 가난한 사람들을 아끼고 여인네의 뜨거운 사랑을 갈구했으며, 가장 어두운 밤도 언젠가 끝나고 해는 떠오를 것이라 희망했다. 사후에 그

작품들은 불후의 명작으로 알려지며 세계의 미술 시장을 평정하다시피 한다.

이 두 명인은 닮은 점이 있었으니 불운과 고독, 가난을 넘어선 불굴의 예술인이었다. 또 하나, 두 사람 모두 사랑하는 여인을 짝으로 가지고 있었다.

위드 코로나 시대의 우리는 앞으로도 마스크를 쓰고 주변인과 거리두기를 하며 살아야 할 운명이다. 이처럼 우울한 시대지만 두 분처럼 지속적인 담금질을 하면서, 우리 사랑의 짝으로 주님을 모신다면, 나의 불운과 고독, 가난 따위는 당신의 재보로 채워주시리라.

아름다운 거리두기 · 바라보기(1)

　통통통… 발걸음이 바쁘다. 코로나19로 얼룩졌지만 긴 여름 칩거한 나에 대한 포상으로 며칠간 늦은 여름휴가를 나선다.

　내 남편은 이산가족이다. 1·4 후퇴 당시, 9살 나이에 어머니와 동생 셋을 남겨두고 아버지와 단둘이 손잡고 평양 집을 떠났다. 잠깐 동안만 피해 있으면 될 듯하다는 거짓 정보를 참으로 믿고…. 집안의 패물을 다 조그마한 배에 두르고 얼음이 꽁꽁 언 대동강을 건넜다. 만약의 경우 어른보다는 아이가 차라리 안전할 것이라는 발상의 전환이었다. 파란만장한 피난살이는 부산 영도다리 근처에서 시작되었다.

우리가 시티투어 버스로 도착한 그곳은 말 그대로 상전벽해(桑田碧海), 뽕밭이 바다가 되는 것처럼 완전히 변한 광장을 돌아보며 70년도 넘은 세월의 변화를 온몸으로 확인했다. 회한에 젖는 9살. 추억과 그리움으로 유라리 광장을 함께 걷다 자갈치시장으로 발길을 옮겼다.

　【유라리 광장은 유럽의 유와 아시아의 라(아), 그리고 사람, 마을이 모여 즐겨 노는 소리를 뜻하는 리(이)의 조합으로 유럽과 아시아인이 함께 어울려 찾고 즐기는 장소라는 의미를 담고 있다.】

　부산 송도 남부민동에 천막을 치고 야외 수업을 하던 피난민 시절. 평양의 어머니가 사주신 고운 스웨터의 왼쪽 가슴에는 커다란 흰 손수건을 접어서 핀으로 꽂고 란도셀(초등학생의 책가방으로 일본식 이름)을 메고 등교했다. 그 시절, 지금보다는 위생 개념이 부족했기에 누런 콧물을 닦거나 아님 넘어져 상처가 나더라도(그 시절의 길은 지금처럼 아스팔트와 보도블록으로 고르고 편편하지 않고 진흙탕 길에 울퉁불퉁 넘어지기에 딱 좋았다.) 닦아내기는 손수건이 제격일 터.

　우리 애들 초등학교 입학식 때도 가슴에 손수건 다는 것은 필수였다. 피난 시절 처녀 선생님은 유난히 희고 깔끔한 소년이 엄마 없이 아버지와 단둘이 사는 모양이 무척 안되어 보였는지 엄청 귀여워하셨다 한다. 어린 소년도 선생님의 마음을 받아들이는 지혜가 있었던 모양으로 지금도 가끔씩 선생님과 찍은 사진을 들여다본다.

1950년 6월 25일의 비극은 70년의 세월을 삼켜버렸다. 이제는 이산가족만의 고통으로 남은 듯. 평양 시내에 살던 남편의 외사촌 누나는 학교 가기 전의 어린 나이에 댕댕댕 전차를 타고 대동강 변 바깥 경치를 보며 "여기쯤에서 내려야 해." 하며 고모님 댁을 찾으셨단다. 요렇게 눈치껏 찾아오는 조카딸 아이를 그렇게나 반기셨다는 나의 시어머니! 이 역사적인 비극은 언제까지 거리두기, 바라보기의 제물이 되어야 하는가.

김수환 추기경(1922~2009)은 말씀하셨다.

'사랑이 머리에서 가슴으로 내려오는 데 70년이 걸렸다. 머리와 입으로 하는 사랑에는 향기가 없다. 진정한 사랑은 포용, 이해, 자기 낮춤이 선행된다. 가끔은 칠흑 같은 어두운 방에서 자신을 바라보라. 마음의 눈으로, 마음의 가슴으로, 나는 누구인가. 어디서 왔나. 어디로 가나. 조급함이 사라지고 삶에 대한 여유로움이 가득해진다.'

미국 심리학자 칼 로저스(Carl Rogers, 1902~1987)는 인

간 중심 상담을 기본으로 인지 행동 치료와 해결 중심 상담 기법을 제안했다. 그는 힐링을 위한 여행을 하면 스스로 목표를 정해서 그것을 해결하려는 긍정적인 변화가 생겨 결국에는 치유가 된다고 말한다. 그리고 무의식의 통찰이라 할 힐링으로 문제를 해결하는 경험이 증가하면 앞으로 일어날 문제에 훨씬 더 잘 대처할 수가 있다고 한다.

힐링 여행을 경험할수록 긍정적인 변화가 강화되어 힐링을 통한 치유 효과가 높아진다. 이렇게 여행에 의미를 부여하면 모든 관계에서 삶의 윤기가, 그리스도의 향기가 번져나가는 아름다운 거리두기가 가능해질 것이다.

아름다운 거리두기 · 바라보기(2)

　공부도 하고 싶어서 하는 것이 아니다. 안 할 수 없을 정도로 사회가 급변해서다. 하다못해 홈쇼핑에서 생활용품을 구입하려 해도 앱 설치를 하면 작게는 5%에서 10%까지 할인해주고 적립금도 준다. 그런데다 쌓은 적립금도 앱 사용자만 이용할 수 있다. 차라리 현금으로 일시불로 사는 경우에 할인해준다면 참으로 좋겠건만. 내 똑똑한 친구도 앱을 설치할 줄 모르는데 할인 못 받고는 사기가 아깝다고, 노인들 약 올리는 것 같아 안 샀다고 해서 통화 중에 한참을 웃었다. 나처럼 알뜰하고 헛똑똑이 친구가 또 있다는 사실에 환호하며.

　은행 앱을 못 쓰면 우대금리도 못 받는다. 온라인 오프라인 등 용어 자체에 괴리감을 느낀다. 65세 이상의 고령 1인 가구가 늘어나고 있다는데, 혼자 사는 고령자는 어쩌라고! 전체 인구의 16.5%를 차지하는 이 고령층의 경우 온라인 가입 등이 어렵다는 것을 알고 있지만, 2030세대의 선호도 등을 고려해 온라인 가입 등을 확대할 수밖에 없다고 관계자들은 말한다. 그러니 이렇게 소외되지 않으려면 김형석 교수님 말씀대로 공부를 해야 한다. 학창 시절에도 안 하던 공부를….

스티븐 핑커 하버드대 교수(1954년, 캐나다 몬트리올 출생)는 저서 『우리 본성의 선한 천사』(2012)에서 인류사를 통틀어 폭력은 시간이 지날수록 감소했음을 밝혔다. 또 하나의 저서 『지금 다시 계몽』을 통해서는 75개의 표와 각종 통계를 제시하며 인류의 기대수명·건강·행복·인권 등 모든 면에서 인류의 삶이 이전보다 나아졌고, 앞으로 더 나아질 것이라 주장한다. 그는 진보를 이렇게 정의한다. "죽음보다 삶이 더 낫고, 병보다 건강이 더 낫고, 궁핍보다 풍요가 더 낫고, 압제보다 자유가 더 낫고, 고통보다 행복이 더 낫고, 미신과 무지보다 지식이 낫다." 전쟁은 줄었고 민주주의는 확대됐다. 북한이라는 예외도 있지만 세계 전체적으로 인권 침해도 줄어들고 있다. '세계 가치 조사'에서 응답자 86%는 '행복한 편'이거나 '매우 행복'이라 답했고 저자는 이 같은 자료를 들어 '인류는 진보했고 더 좋아질 것이다.'고 희망으로 예측한다.

앞으로의 세계는 특히 우리나라는 주변국과의 외교로 국운이 갈릴 수 있다 한다. 미·중·일의 압박과 줄서기 등에서 얼마만큼 거리두기를 잘하고 바라보기를 잘해야 하는지가 국민의 최대 관심사가 되고 있다. 우리 대한민국은 북한과도 단둘만이 해결할 수 없는 복잡한 관계의 거리가 있다. 시어머니와 며느리 사이의 단답형이 아닌 관계의 어려움이 엄청나게 무거운 것이다.

그러나 이 관계보다도 더 중요한 것은 나와 나 자신과의 거리두기일 것이다. 마치 예수님의 인성과 그리스도의 신성, 그 안에서 명쾌하게 나를 찾아내야 하는 바라보기처럼. 그럼에도 우리는 스티븐 핑커 교수의 '인류는 진보했고 더 좋아질 것이다.'에 희망을 두고 그 믿음으로 잠자리에 든다.

가끔은 고개 들어
하늘을 우러른다

나는 가끔 나 자신에게 까맣게 속는다(아마도 판단을 잘못한 것이리라). 그뿐이 아니다. 속은 줄도 모르고 참 좋은 정보라고 이웃에게도 전한다. 그 이웃 역시 옳은 것이라며 거짓 참을 나에게 전한다. 이렇게 본의 아니게 서로서로 믿으며 계획을 세우고 정직하게 열심히 살아간다. 나중에 엉켜버린 결과물을 보고는 노여움과 분노의 감정이 북받쳐 오르니 그때에야 속았음을 안다.

어느 날 '바쁘지만 꼭 찾아볼 것'이라는 문자가 왔다. 요즘 인기 있는 핫한 영화라며 이웃의 멋쟁이 형님이 권한다. 바로 〈수리남〉. 전화로 듣고는 한참을 생각해본다. 밀 수리할

103

까? 제목도 별나다. 아무튼 뭘 고치는지 한번 보고 싶은 마음이 든다. 실화를 바탕으로 제작했다고 친절하게 부연 설명도 해주신다. 먼저 인터넷으로 검색을 하고 보면 이해가 빠르다 하여 이것저것 검색해본다. 그 결과는 마침 나의 요즘 묵상 거리와 맞아떨어진다. '속이고 속음'에 덤으로 재미를 주고, 각색을 한 영화란다. 집안일을 대충 정리하고 여러 번에 나누어 몰두하며 스크린 속으로 빠져들어갔다.

수리남은 남미 브라질과 국경을 맞댄 국가다. 면적은 16만 3820㎢이며, 인구는 약 58만 명. 남미 동북부의 공화국이다. 대충의 면적은 우리나라의 1.6배다. 적도 근처 나라라서 열대 우림 기후를 띤다. 보크사이트와 금을 비롯한 광물 매장지가 많아 1인당 GNP가 남아메리카에서 가장 높다.

우리나라에서 카센터를 운영하며 평범하게 살던 주인공이 바늘과 실처럼 붙어 다니는 친구와 술자리를 함께하며 듣게 되는 정보. 이때의 안주가 문제의 '홍어삼합'이었다. 그 친구의 이야기는 수리남에서는 홍어가 엄청 많이 잡히는데 먹을 줄을 모르는지 아니면 입맛이 다른지 아무튼 다 버린다고 한다. 그 홍어를 우리나라로 수입한다면 엄청 큰돈을 벌 것이라는 귀한 정보였다. 주인공은 대망의 꿈을 안고

단짝 친구와 함께 수리남으로 떠난다. 홍어 수출 공장도 세우고 그런대로 곧잘 굴러가는 듯했으나 어찌어찌 만나게 된 목사님이 마약밀매 왕이었고, 그분의 속임수로 수출한 홍어에서 마약이 발견되니 수출대금도 못 받고 감옥에 갇히게 된다.

영화는 긴박해지는 스릴과 배우들의 열연으로 재미를 더한다. 실제로 국정원이 개입하게 되면서 2년간에 걸쳐서 작전을 했다. 작전명은 '블롬메스테인'(수리남의 유명한 호수 이름). 현실에 만족하지 못한 탓에 절친을 그 와중에 잃었고, 이역만리 타국에서 죽을 고비를 수십 번 넘기며 돌고 돌아 카센터로 돌아온 영화 〈수리남〉의 주인공.

이 영화가 전하는 메시지는 무엇일까? 삶의 여정에서 노를 저어 가다가 밤하늘의 별을 보듯 고개 들어 하늘을 우러른다. 내가 서 있는 곳은 어디인지, 올곧은 판단을 지향하고 있는지.

출처 : 시사저널(http://www.sisajournal.com) 등

코로나19의 가르침

조심조심 지나가는 줄 알았던 코로나19가 우리 내외도 덮쳤다. 애들 아버지가 지병이 있어 주 2회 물리치료를 받던 병원이 코로나19 전담 병원이 되는 바람에 그곳에서 전염된 것 같다. 내 경우 목은 많이 아팠지만 열은 별로 없이 잘 넘어갔고, 남편은 나보다는 약하게 지나가는 듯했다. 덜컥 겁이 나서 아들들에게 전화를 돌렸다. 만나지는 못해도 새벽 배송으로 먹거리, 밀키트(meal kit) 같은 식재료 등을 배송시켜준다. 문 앞에서 "맛있게 드세요." 하고 소리 지르고 떠나가는 아들들. 그들의 맘도 편치 않았으리라. 자가 격리 7일 중 6일이 지나고 내일 오후 12시면 끝난다고 나름 한숨을 돌리던 바로 그때 남편이 숨 쉬기가 어렵다며 드러눕는다.

어린아이가 다 되어버린 남편은 그래도 "링거라도 맞으면 좀 시원하지 않겠냐."는 며느리의 조언은 받아들여서 병원에 가기로 하고 보건소에 연락을 했다. 타서 가져다줄 사람이 없어서 약도 배달받아야 했으니 그만큼 여기저기 연락할 곳이 많았다. 지정 병원에, 지정 약국에 그리고 구급차도 불러야 했다. 앰뷸런스를 보낼 터이니 확진 받은 문자를 전송해달라는 병원.

우물에 가서 숭늉을 찾았을까. 그런대로 핸드폰을 잘 사용했는데 클릭조차 안 되고 문자 전송이 안 되니 진땀만 난다. 시간은 흐르고 옆에서 남편은 괴로워하고, 나도 환자인데….

그 순간 소파에 앉으니 오열이 터져 나온다. 남편은 그 와중에 놀라서 나를 보듬어준다. 오전 9시부터 서둘러 연락했건만 오후 2시 반이 넘어서야 구급차에 올라탔다. 구급차는 완전히 비닐로 밀봉을 해놓았고 임시로 잠시 동안 머무르게 된 병원의 응급실 간호사는 친절했지만, 환자들을 호랑이처럼 무서워했다.

남편은 이렇게 보건소에서 다시 배정해준 비교적 가까운 능곡 근처 병원에서 4박 5일 입원하게 된다. 칫솔이며 세면도구 등을 전달해야 한다 하니 큰아들은 새벽에 들러 아버지께 보내드릴 터이니 현관 앞에 살 걸어두라며 몇 번이고 확인

한다. 잔뜩 보내준 마스크의 크기가 안 맞다 하시니 병원 근처에 사는 작은아들이 아버지는 못 만나고 큰 것으로 다시 보내드렸다. 전염되는 병중에 있을 때는 부모라도 코로나19의 격리 법규를 잘 지키는 것은 의무다. 하물며 생사의 갈림길에 있을 때 우리는 어떻게 처신해야 할까를 숙고해본다.

이번 사순절은 내 인생에서 참으로 소중하고 의미가 깊었다. 구급차 기다리는 동안에 이소연 미카엘라가 전화했기에 알린 사정이 우리 송요옥 회장님께 전달되어, 순식간에 온 동네에 소문이 났다. 그 덕에 복 많은 내 남편 스테파노, 기도 참 많이 받았다. 그 후 월 모임에 참석하니 "앰뷸런스 타고 응급실 가신다는 형제님을 위해 어떻게 기도를 안 해드릴 수가 있을까요." 하시는 우리 가르멜 식구들. 평생 이렇게 큰 기도 받아본 사람 또 몇이나 있을까.

남편을 혼자 두고 집으로 돌아오려는데 무서운 호랑이 옆에 두고 오는 듯해 처절하고 비통했다. 큰일이 있을 때 사람의 본성이 드러난다는데. 나는 내 아집에 묶여서 허물을 벗지 못하는 뱀은 아니었는지. 위급한 순간임에도 기도하는 시간을 빼고는 주님의 현존은 생각지도 않았던 나!

남편의 병고가 맘 아프고 애타서 통곡한 것이 아니라 나

혼자 이 난관을 뚫고 나가야 한다는 두려움에 떨던 나. 그럼에도 박병해 스테파노 신부님의 "왜"라고 묻지 말라 하시던 주옥같은 말씀이 유난히도 가슴에 와닿는다.

대자연의 봄, 그중에 우리 금수강산의 고운 봄날은 화려하니 눈부시다. 노란 생강나무 꽃으로 시작해 동백꽃, 산수유, 매화, 벚꽃, 개나리, 목련, 유채꽃, 진달래, 철쭉, 휘어지며 춤추는 조팝나무, 라일락, 어머니 성모님의 장미꽃. 한꺼번에 피지 않고 자리다툼 없이 차례를 기다리며 꽃을 피우는 형형색색 꽃의 마음이 인간사회 안에서 좌절하고 실망하는 우리들을 행복한 기쁨으로 환호하게 한다.

2부

빛보다 더 밝은 어둠

이서하 그림

발 씻김의 축복

나는 본디 조용한 것을 좋아한다. 이른 아침 고요한 시
간, 성상(聖像) 앞에 앉으면 흐뭇하게 미소 짓는 성모님과
활짝 웃으시는 주님께서 반기시니 참으로 행복한 하루의
으뜸이다.

구약의 I 열왕기 19장 11~14에서 엘리야 선지자가 이자
벨 여왕에게서 도망치려고 가르멜 산에 숨어들었을 때, 비바
람의 폭풍 속에서도 지진 속에서도 불꽃 속에서도 하느님은
계시지 않았고 이 모든 것이 잦아들고 고요해졌을 때에야
비로소 "엘리야야! 여기에서 무엇을 하고 있느냐?" 하며 찾
으시는 하느님의 목소리를 듣게 된다는 말씀은 나를 더더욱

고요함으로 이끌었다.

한동안 불면증과 식욕부진으로 편치 못한 내게 "두려워하지 마라. 내가 함께해 주리라." 하시며 소심하고 허물 많은 나를 끝없이 아끼시는 그분 사랑에 속절없이 눈물만 흘렸다.

그러던 중, 어느 모임에서 '발 씻김' 행사에 참석하게 되었다. 태어나서 처음 하는 일이라 설레고 기대되었다. 먼저, 스무 명가량이 두 명씩 짝을 지었다. 나와 짝이 된 이는 처음 보는 자매였다. 처음 만났지만 억겁의 인연으로 자매와 내가 오늘 발을 씻길 때 씻겨주는 이와 씻김 받는 이의 관계가 된 것이다. 자매가 물이 담긴 대야를 앞에 놓고 의자에 앉았다. 나는 두 무릎을 꿇고 앉아 기도를 드렸다.

'누구나 고단하게 이승살이를 하지만 이 자매 역시 살아오며 받은 상처와 아픔이 얼마나 많았을까요? 그 곤곤하던 세월을 빠짐없이 알고 계시는 주님! 정답게 위로하시고 품어주십시오.' 간절한 마음으로 자매의 발을 씻겨주었다. 보드라운 살갗이 내 손끝에 닿는 느낌이 좋았다. 예수님도 제자들의 발을 씻겨주며 이리 애틋하셨을까.

다음, 그 자매가 내 발을 씻겨줄 때는 '하느님께서 기뻐하시는 일을 제대로 못하는 제가 씻김 받으니 감사합니다. 저를 씻어주는 분의 마음도 주님의 사랑으로 가득 채우시기

바랍니다.' 하며 말씀드렸다.

뒷설거지를 하며 제자리를 찾아갈 때 내가 씻겨주었던 자매가 너무도 기쁘다며 나를 격하게 감싸 안으며 눈물을 흘리는 것이다. 무슨 일인지 당황했고 차분하게 듣고 나니 나도 가슴이 벅차올랐다. 그 자매는 내가 자기의 발을 씻기기에 눈을 살포시 감았다네요. 그런데 내가 아닌 예수님께서 자신의 발을 씻기고 계심을 보았다는군요. 내가 '환시를 본 거네요.' 하니 그 자매는 '예수님 모습이 환상은 아니에요.' 하고 단호하게 대답하는 것이었다.

오호! 숨어 계신 주님께서 우리를 보아주신 덕분에 사랑과 예쁨을 주시다니….
그 순간 나는 그의 예수님이, 그는 나의 예수님이 된 것이었다.

이런 체험으로 눈물 속에서 엄위하신 하느님께 대한 영광과 찬미를 드린다. 삶이 낯설고 모질어 넘어지고 싶을 때는 이 기억의 상자에서 추억을, 그리움을 하나하나 꺼내어 보며 가득 찬 그분 사랑에 감동한다. 한 줌 깜냥도 안 되는 저를 이토록 아껴주시는 그분께 다가가면 굽어보아 주실까. 꿈의 날개를 펴본다.

　나는 믿음으로 주님을 섬기고 따르려는 마음이 컸기에 오랫동안 묵상기도를 해왔다. 주님을 향한 숱한 세월 속에 항상 감사함으로 시작은 하지만 '주십시오.' 하며 마무리하는 나는 여전히 얼룩진 허물과 주름으로 부끄러웠다. 창피하면서도 변함없이, 끊임없이 청하기만 하는 나는 조금도 영적 진보가 없었다.

　오랜 기다림 끝에 발 씻김을 통하여 보여주신다. 진심으로 이웃을 위하여 그의 아픔 안으로 들어가서 엎드려 낮은 자세로 임한다. 깊은 침묵 속 고요한 자리에서 눈과 귀를 멈춘다. 주님께 못다 한 사랑을, 그리고 주님의 아픔과 고단함과 당신의 어린 양들에 대한 애틋하고 애절한 사랑도 여쭈어본다. 이야기 드리다 보면 30분이 그냥 지난다. 어쭙잖은 나도 사랑을 배우고, 그 사랑은 곱빼기가 되는 당당함과 겸손함의 열매를 성령께서는 덤으로 주신다.

　요즘은 끊임없이 떠오르는 잡념과 분심을 치우고 주님께의 열정을 키우기 위하여 기도하는 방법을 바꾸어본다. 오직 하나 주님의 지고지순한 사랑만을 간직하며 생각을 비우고,

생각을 없애고 주님 앞에 멈출 때 그때 생각을 끊어주신다. 이렇게 새벽 어스름에 떨기 진 내 시름 던져둘 때 비로소 성령께서는 감각의 빗장을 열어주시는 자유로움도 주신다.

이승의 내가 아닌 주님의 베로니카를 바라보는 맑고 밝은 빛 속의 "바라보기의 영성(靈性)".

내 삶에서 용기 주며 손 잡아주신 수많은 이웃이 있었다. 그러나 주고받는 상처와 아픔으로 지나친 인연도 있었다. 엉겁결에 나온 잘못된 한마디가 있다면 즉시 바로잡고 기도하라 하신 주님, 사랑이신 하느님께 가멸차고 따사로운 그늘로 이끌어주시길 간구한다.

이제는 내 이웃에서 그리고 삶의 순간에서 예수님을, 성모님을 많이 만나서 이야기꽃 피우며 도란도란 주님 사랑의 옷을 짓고 싶다. 지은 옷 곱게 입고 주님 정원 포도밭 기슭에서 반갑게 마중 나오시는 주님을 뵙는다면 참 좋겠다.

"내 사랑 베로니카야, 어서 오너라. 애썼다!"

예성 서영원 그림

내 고장 칠월의 청포도

2년 전 동네 마트에서 장을 보아 집으로 오는 길에 꼬부랑 할머니를 만났다. 머리에 멋지게 서리 내린 꼬부랑 할머니는 무척이나 품위 있는 멋쟁이셨다. 장 보신 바구니를 들어드리며 말을 붙이니 고맙게도 이 할머니는 그동안에 내가 찾고 싶어 하던 수영장이 마을 근처에 있다며 말을 풀어내신다.

교통사고 후유증으로 2개의 척추관탈출증과 협착증으로 수술 날까지 다 받아놓았지만 수술을 해도, 그리고 안 하더라도 운동은 필수라는, 특히 물속에서의 운동은 효과가 크다는 선배 환자님들의 조언이 있었다. 하여 긴 고민 끝에 수술을 포기하고 물속에서 걷기를 하던 중에 이사하게 되었고 그 와중에 이 멋쟁이 할머니를 만나게 된 것이다. 당장 다음

날부터 물속에서 앞으로 뒤로 걷기 시작한다. 허리 운동과
치매에 큰 효과가 있다는 의사 선생님의 말씀도 한몫을 하
였다.

그렇게 다니던 수영장에서 또 다른 할머니를 만났으니 내
게는 큰 의미를 가진 만남이었다. 조그마한 이 형님은 푸른
색 계열의 모자에 수영복 차림으로 열심히 걸으시며 무언가
를 중얼거리셨다. 그 옆에 다가가서 들어보니 이육사의 '청
포도' 시였다. 몇 날 며칠을 함께 마주 보고 걸으며 따라서
읊기 시작했다.

> 내 고장 칠월은 청포도가 익어가는 시절
>
> 이 마을 전설이 주저리주저리 열리고
>
> 먼데 하늘이 꿈꾸며 알알이 들어와 박혀
>
> 하늘 밑 푸른 바다가 가슴을 열고
>
> 흰 돛단배가 곱게 밀려서 오면
>
> 내가 바라는 손님은 고달픈 몸으로
>
> 청포를 입고 찾아온다 했으니
>
> 내 그를 맞아 이 포도를 따 먹으면
>
> 두 손은 함뿍 적셔도 좋으련
>
> 아이야! 우리 식탁엔 은쟁반에
>
> 하이얀 모시 수건을 마련해두렴

이렇게 며칠을 아둔한 머리로 시구를 외우느라 다른 생각을 할 여유가 없었다. 그 며칠 후에 나는 가슴에 타는 뜨거움을 느끼게 된다.

우리 조상님들은 일제강점기 36년간 조국의 독립을 기다리며 그 시절에는 구경조차 할 수가 없었을 귀한 은쟁반과 하이얀 모시 수건을 준비하고 독립투사 맞을 준비를 하셨는데, 나는 그 꼽절의 나이를 먹으면서 세속과 육체의 유혹에 사로잡혀 주님 맞을 준비를 전혀 안 하고, 생각조차 못하고 있는 나를 보게 된다.

그 시절 조상님의 나라 잃은 설움과 독립을 향한 절박한 마음을 왜 나는 제대로 느낄 수가 없는가? 왜 나는 이렇게 허송세월을 하며 내가 바라는 그분께 향하는 마음을 간곡하게 표현하지 못하는가? 왜 내가 하고픈 일이 걸림돌에 맞아 멈춰버렸는데 그냥 안주하고만 있는 것인가?

나는 망망대해를 바라보며 고단한 몸으로 희망의 색인 푸른 겉옷을 걸치고 믿음의 흰 돛단배를 타고 내게 다가오시는 그분을 대접할 칠월의 포도를 따는 모습을 그려본다. 독립투사들의 절절하게 사연 많은 모습과 애잔한 몸부림이 알알이 모여서 독립이라는 포도송이를 만든다. 그 독립을 희망하는 내 믿음이 푸른 두루마기의 그분과 일치하는 오늘은 두 손에 포도 물이 들어도 아랑곳할 이유가 없다. 내 님을 모시면 그뿐이니. 포도 물은 내 정성과 열정, 그리고 함성의 마중물이기 때문이다. 내가 바라는 손님인 고단하신 주님을 모시기 위하여 이승에서의 걸림돌인 불안, 두려움, 혼란스러움, 무관심, 조급함, 나태함, 섭섭함, 보복, 미움 등등. 그중 가장 큰 교만에서 비롯한 갈등들을 겸손과 청빈과 정결의 결정체인 사랑으로 바꾸기 위함이다.

이 모든 악습의 감정들은 주님을 몰랐다면, 아니 모른 척했다면 내 두 손은 포도 물이 들더라도 그 끈적한 불편함도 전혀 몰랐을 터. 하지만 나는 내 생애를 넘어 그분의 아픔과 인간에 대한 애절한 사랑을 조금은 알아챘으니 그 감사한 마음은 '가르멜'에서 수련과 침묵의 기도에 대한 성모 어머니의 선물이 아닐까 생각해본다.

위에서 말한 고마우신 두 분의 노부인을 나는 감히 성모님이라 부르고 싶다. 내 삶에서 여러 가지로 나를 도와주고 위로하고 용기를 주신 수많은 어르신과 이웃이 있었지만, 철이 없어서, 그리고 생각 없이 지나쳐버린 내 삶의 은인을 한 분

한 분씩 손꼽아 헤아리고 싶다. 열 손가락 스무 손가락이 모자라지만 그중 으뜸은 어떤 것일까?

나의 삶의 방향과 목적은 무엇인가를 생각하게 하는 밝은 빛 속의 성찰, 이것은 나의 삶의 등대인 것이다. 그리고 이제는 내 이웃에게서 그리고 삶의 순간순간에서 예수님을, 성모님을 많이 만나서 감사, 찬미, 영광을 드리며 머리 숙이고 싶다.

빛보다 더 밝은 어둠

　내가 가르멜회에 발을 디딘 후 몇 년간 나름대로 극성스럽게 하느님을 알고자 했다. 항상 새벽 미사를 드리고 직장에 출근하곤 했으니 아침 6시 이전이 내겐 출근 시간이었다. 나의 모든 생활은 가르멜의 생활지도에 맞춤이 목적이었고, 그 여정은 내 삶의 기쁨이 되었다. 난 그것을 열정이라 표현했다. 아마도 성령께서 이끄셨음이리라. 그리스도인의 묵상기도는 자신을 뒤돌아보게 하는 참으로 좋은 가르치심이니 나 또한 이런 열정 속에서 많은 깨우침을 배우고 있다. 그중 하나, 하느님께서는 주시고 싶을 때, 주시고 싶은 사람에게, 주시고 싶은 만큼 주신다는 것이다.

꽤 오래전 어느 해 여름의 일이지만 너무도 선명하여 바로 어제 일처럼 생생한 기억으로 남아 내 삶에 큰 유익을 준 일이 있었다. 그해 여름에는 유난히 잦은 집중호우로 지리산 국립공원의 계곡도 많이 무너져 내렸고 통제된 곳도 있었다.

우리 부부는 가슴 설레는 휴가에 들어갔다. 며칠 머무는 동안 단양군 가곡면 보발리 산기슭에 숨은 듯이 위치한 '예수살이 공동체 산 위의 마을'도 방문했다. 박기호 다미아노 신부님의 자상하신 설명으로 이곳에서 친환경 농사를 지으며 일군 신앙공동체의 설립 취지를 들었고, 그곳 할머니와 아이들을 별장으로 초대하여 물놀이를 즐기며 하룻밤을 함께했다.

TV와 컴퓨터 등 속세의 문명과 갑자기 단절되어 적응하지 못하고 삐딱하게 반응하려는 사춘기 아이들의 모습이 무척이나 애처로웠다. 그런 아이들을 정성을 다해 다독여 떠나보내고는 늦은 저녁, 뒤늦게 합류한 수녀님 두 분과 함께 저녁성무일도를 꾀꼬리 합창으로 마무리하고 다섯 명이 숲 속으로 산책을 갔다.

길 양옆은 울창한 소나무로 어우러져서 하늘이 보이지 않았고 계곡의 물소리는 옆 사람의 말소리가 들리지 않을 만큼 우렁찼다. 한참을 올라가니 한여름임에도 냉기가 훅 끼치면서 고요 속의 무서움이 찾아왔다. 깊은 밤 가로등이 꺼져 있어 겁이 많은 나를 선두로 손전등을 켜고 서둘러 내려왔다. 그 전날 외국 신부님이 다이빙하셨다던 깊은 계곡이 내려다보이는 다리 위에 서니 휘영청 둥근 보름달이 걸려 있었다.

들고 있던 손전등으로 아래를 내려다보니 아무것도 보이지 않았다. '어쩜 너무 안 보이네. 아예 꺼버리는 게 나을까?' 중얼거리며 손전등을 끈 후 다시 내려다보았더니 오묘한 광경이 펼쳐지고 있었다. 깊은 계곡 한가운데에 하얗게 부서지며 뒤섞이는 물보라가, 오늘 하루 만나서 즐거웠던 일을 서로에게 이야기하듯 소리소리 지르는 것이 또렷이 보였다. 누구에게나 잊을 수 없는 소중한 사건이 있는 것처럼 그날 보름달 아래의 장관(壯觀)은 내 평생의 소중한 보물이 되었다.

내가 속한 가르멜회에서는 십자가의 성 요한을 사부님으로 섬긴다. 그분께서는 숨어 계신 하느님을 찾아 애태우시며 어느 어둔 밤에 님을 찾아 만나시곤 하는데 "한낮 빛보다 더 단단히 그 빛이 날 인도했어라." 하신다. 세상 한낮의 빛보다는 나를 비우고 정화시킨 하느님의 빛만이 그분과 일치의

길로 이끄심이리라. 이렇게 머릿속 지식보다는 따뜻한 마음
으로 배려함이 한 수 위임을 깨우쳐주셨다.

"나의 인도자이신 성령께서는 언제나 나를 올곧게 이끄시
니 주님은 찬미·영광 받으소서."

소돔과 고모라의
의인 열 명

창세기 18장에서 하느님께서는 말씀하신다. "아브라함은 반드시 크고 강한 민족이 되고, 세상 모든 민족들이 그를 통하여 복을 받을 것이다. 내가 그를 선택한 것은 그가 자손들에게 정의(正義)와 공정(公正)을 실천하여 주님의 길을 지키게 하고 그렇게 하여 이 주님이 아브라함에게 한 약속을 그대로 이루려고 한 것이다."

족장 아브라함의 조카인 롯은 소돔으로 이주했다. 당시의 소돔과 고모라는 지나치게 타락한 탓에 하느님께서는 두 도시를 파멸시킬 예정이셨다. 아브라함은 하느님께 "만약 그곳에서 50명은 안 되어도 10명의 의인을 찾을 수 있다면 그

의인 10명 때문에라도 그곳을 용서하지 않으시렵니까? 의인을 죄인과 함께 죽이시어 의인이나 죄인이나 똑같이 되게 하시는 것, 그런 일은 당신께 어울리지 않습니다." 하며 하느님께 간곡히 청한다.

그러나 의인은 10명이 되지 못했다. 결국 하느님께서는 두 도시를 파괴하기로 하시지만, 믿음의 조상인 아브라함의 공정의 변(辯)을 들으시어 한밤중에 천사 둘을 미리 보내 롯과 그의 가족을 구하게 도우신다. 하느님께서는 이 걸림돌을 무사히 건널 수 있도록 자유의지로 팁(tip)을 주셨지만 롯의 아내가 뒤를 돌아보는 바람에 '소금 기둥'으로 변하는 불운을 당했고, 두 도시는 유황불로 파괴된다(창세기 19).

이 시대의 화두(話頭)인, 원칙과 상식이 있는, 공정하고 정의로운 사회는 이사야 시절에도 아브라함 시절에도 무척이나 추구했던 일. 인류가 중요하게 여기고 깊이 생각하는 만큼 쉽게 풀리지 않는 명제. 정의와 공정. 이사야서에서는 참 많이도 거론된다.

그 옛날 아브라함이 하느님께 탄원했던 것처럼 우리도 주님 앞에 엎드려 기도해야 한다. 왜냐하면 우리는 많이 아프고 고달프고 외로워 스러져가는 이웃을 위로하고 용기를 북돋아주는 하느님 사업에 동참하는, 주님의 길을 가는 그리스도인이기 때문이다. 하느님의 피조물로 주님의 사랑을 추구하는 자녀이기 때문이다. 더불어 우리는 그들에게 나눔으로써 행복을 만끽하는 자유로운 영혼이기 때문이다. 이렇게 주님과 눈을 맞출 때 아브라함의 순수한 믿음과 가없는 열정도 따라 할 수 있으리라.

질병으로 더욱더 복잡해진 요즘의 세계. 설상가상(雪上加霜), 크고 작은 사건·사고는 동서양을 막론하고 줄줄이 일어난다. 따라서 사람들은 마음이 바빠지니 스스로 피폐해지고, 스스로 번거로워진다. 많은 이들은 사건·사고에 공감한다. 그럼에도 '마음은 아프지만 그런 혼란스러운 일을 생각하면 내 맘이 불안해지니 관심은 갖지 말아야 한다.'라는 이유 아닌 이유를 핑계로 사회적인 불행에서 등을 돌린다. 게다가 나의 생각만이 진실이고 나와 다른 의견은 "거짓"이라는 말이 "참"이 되어가는 작금의 이 현실….

내 아비님은 고등법원에 재직하신 김홍섭 바오로 판사님(1915~1965)을 대부님으로, 세례를 받으시고 대부님을 많이 따르고 존경하셨다. 법조계의 성인이셨던 김홍섭 판사님의 저서 중 하나인 『무상(無常)을 넘어서』를 내 아비님은 옆에 두시고 닳도록 즐겨 읽으셨다. 부뚤을 깊이 앓어 장궤를 하시고 두 손은 합장으로 묵주기도, 삼종기도 등을 바치셨다. 그렇게 대부님의 신심을 닮고자 하셨으니 우리 식구들도 덩달아 자랑스러웠다.

등산과 여행을 즐기는 판사님의 정신세계는 고귀하고 풍요로우셨다. 개신교 가정에서 자라셨고 불교 교리에도 해박했으며, 에이브러햄 링컨의 전기를 즐겨 읽으셨다는 김홍섭 판사님은 육당 최남선을 만나 가톨릭에 귀의하셨고, 많은 저서를 남기셨다. 당신이 사형판결을 내린 죄수에게 그렇게밖에 할 수 없었던 괴로움을, 편지로 몇 장씩 애절하게 피력하신 구도자(求道者)이자 실천하는 '사도(使徒) 법관'이셨다. 그분은 신앙을 중시한 빈자(貧者)들의 법관으로 직책상 사형선고를 내리지만 생명을 존중하신 사형폐지론자셨다.

매일 미사를 드렸고 사직동 댁에서 저녁 기도를 온 가족과 모여서 바치셨다. 검정 고무신을 신고 골덴 바지 차림에 물감들인 군복을 입고 단무지가 반찬인 도시락을 지니고 덕수궁 돌담길을 걸어 대법원에 출근하셨다. 법원 마크 달린 관용차는 물론 타지 않으셨다. 사형수들을 사랑으로 돌보며 신앙으로 이끄셨으니, 그들을 위해 책을 사고 그 가족들을 돌보시며, 월급을 거의 쓰셨다. 어둡던 그 시절에는 모두들 궁핍했다. 반찬 삼아 가난을 먹고 살던 시절이었다. 그렇지만 법무부 장관을 지낸 친정아버님을 모신 사모님은 친정에서 보내주신 쌀가마니까지 돌려보내는 '가난의 영성'인 판사님의 청렴결백은 힘겨우셨을 터. 하여 어린 8남매를 뒷바라지하느라 광주리장사를 시작하셨다. 사모님의 마음씨, 말씨, 맵시, 솜씨는 성모님처럼 품위가 있으셨다.

사모님의 광주리는 북어, 마른오징어, 미역, 김, 멸치 등 건어물의 보물창고였다. 내 어머니는 마른반찬이 떨어질 때쯤 되어서는 대문 소리에 귀를 기울이셨다.

1965년 판사님께서 돌아가신 후 첫째 김정훈 베드로 아드님은 신학생이 되셨다. 그리고 아버님의 정신세계에 대한 흠모가 절절히 담겨 있는 산문집으로『산, 바람, 하느님 그리고 나』를 쓰신다. 순수한 천성에 예민하고 풍부한 감성을 지닌, 자연과 인간을 더없이 사랑하셨던 부제님께서는 오스트리아 유학 중 등반 사고로 1977년, 서른 나이에 요절하시니 이 가정의 인간적인 비운을 우리는 몹시 애달파했다.

우리 가톨릭의 위대한 사상가로는 조선 정조 때의 대학자 정약용 요한, 일제강점기의 안중근 토마스, 또 김홍섭 바오로 판사를 든다. 또 법조계 중진들이 가장 존경하는 선배로는 사법부의 양심을 지킨 초대 대법원장 김병로(1887-1964) 판사를 꼽는다. 둘째는 청렴과 양심의 상징 김홍섭 판사요, 그 다음은 '대쪽 검사'로 이름난 최대교(1901~1992)다. 이 세 분을 '법조 3성(法曹三聖)'이라 칭했다.

소돔과 고모라 시대에 버금가는 어지러운 이 시대. 정신적인 지도자 어르신들이 몇 분이라도 계신다면, 조금 더 사랑의 기쁨으로 샘솟을 듯. 우리는 아쉬워한다.

삶과 죽음 너머의
영원한 생명

'메멘토 모리(Memento mori)'는 "자신의 죽음을 기억하라." 또는 "너는 반드시 죽는다는 것을 기억하라.", "네가 죽을 것을 기억하라."라는 뜻의 라틴어다. 너나없이 누구나 가야 하는 죽음의 길….

11월은 우리 교회에서는 세상을 떠난 부모나 친지의 영혼, 특히 가장 불쌍한 연옥 영혼을 위해 기도와 희생을 바치며 자신의 죽음도, 현재를 잡으라는 카르페 디엠(Carpe Diem)도 묵상해보는 특별한 신심의 달이다.

위령성월은 A.D.998년 오딜로(Odilo) 수도원장에 의해 시작되었고, 교황 비오 9세, 레오 13세 그리고 비오 11세가 위령성월에 죽은 이를 위해 기도하면 대사를 받을 수 있다고 선포함으로써 위령성월의 신심은 더욱 널리 퍼지게 되었다. 위령성월의 신학적 근거는 살아 있는 이들이 죽은 이들을 위하여 기도할 수 있으며, 이 기도가 이들에게 도움이 된다는 전통 교리에 있다.

하느님 나라는 사랑이신 그리스도를 머리로 하나이며 거룩하고 보편적인 공동체다. 먼저 세상을 떠난 이들도 이 공동체의 일원이며 살아 있는 이들도 이 공동체의 동일한 구성원이다. 이렇게 산 이와 죽은 이가 통교함으로 위령기도와 위령성월은 의미가 있는 것이다. 이 세상에서 행해야 하는 보속을 저승에 가서는 연옥(燃獄, 라틴어: Purgatorium)에서 행한다고 보면 된다.

영혼이 하느님의 은총과 사랑 안에서 죽었기 때문에 영원한 구원을 보장받았으나 완전히 합일되지 못했기 때문에, 하늘의 기쁨으로 들어가기에 필요한 거룩함을 얻기 위해 일시적으로 정화를 거치는 장소를 연옥이라 한다. 이 영혼들은 속죄를 위한 기다림의 시간을 보내고 있으니 기도와 자선 행위와 미사 봉헌 등을 통해 도울 수 있다고 교회는 가르치고 있다.

지난 11월 23일 적십자 행사로 실향민들이 초청을 받았다. 우리나라 땅이지만 우리 마음대로 못 들어가는 곳. 그곳 판문점으로 보호자들과 함께(서울에서 북쪽 60km, 개성에서 동쪽 10km) 공동경비구역(JSA, Joint Security Area)을 방문했다. 가는 도중에 어느 어르신께서 "아! 달리는 김에 그냥 고향까지 갔으면 좋겠다"고 하시며 일행들의 아픈 마음을 표현하신다. 골이 깊은 물이 더 멀리 간다는데…, 고향을 떠난 지 어언 70년이 넘는 세월. 허리는 굽고 주름은 깊어지고 다리는 오들오들 떨리고 머리에는 흰 서리가 내렸건만 마음은 어릴 적 뛰놀던 고향 산천으로 달려간다. 70여 년의 시간보다 어림없이 가까운 거리를 달리면서 고향을 그리며 하느님 나라로 떠난 실향민을 위한 연도를 마음속으로 바친다.

예식 안에서 이승에서의 삶과 죽음 너머의 영원한 생명에 대한 묵상을 통해 우리는 부활과 참된 삶에 대한 동참을 확신한다. 가톨릭교회의 상장례는 죽음의 예식이 아니라 참된 삶을 드러내는 희망의 예식인 것이다.

1984년 판문점에서 소련 관광 안내원 바실리 마투조크의 망명으로 40분간 이어진 남북 간의 총격전에서 미군 1명이 부상을 당하고 20세의 꽃다운 국군 병사 장명기 상병이 전사하는 희생이 따랐다. 전사한 상병의 숭고한 정신을 기리기 위해 총격전이 이뤄진 현장에 '장명기 상병 추모비'를 설치했다. 그는 평소 부대 내에서 '엑설런트 솔저', '스마일 맨' 등으로 불릴 정도로 명랑하고 강인한 성격의 소유자였다고 한다. 이 장명기 상병의 숭고한 희생이 헛되지 않도록, 그리고 이 순간에도 조국 수호 임무를 다하고 있는 육·해·공군 장병들에게 감사의 마음을 되새기며 묵념을 한다.

양양군 '디모테오 순례길'은 1945년 8월 15일 해방부터 6·25전쟁이 발발하기 전까지 신앙과 자유를 찾아 38선을 넘어 남하한 북한 동포들의 도보 길이다. 이념 대립의 소용돌이 속에서 공산 치하의 박해를 피해 월남을 강행한 '죽음의 38선 길'이다.

이광재 디모테오 신부는 남북한으로 분단되면서 38선 이북이었던 양양성당에서 공산당의 핍박을 피해 38선 이남으로 탈출하던 사람들을 도왔으며, 신자들이 이광재 신부에게 월남을 권했지만, 이 신부는 "북한에 있는 신자 한 사람이라도 빠짐없이 앞장서면 나는 그들을 뒤따르겠다. 목자는 양을 버릴 수 없다."라고 거절했다고 한다. 결국 공산군에 체포되어 원산 방공호에서 수많은 포로와 함께 살해되었다. 그때는 이북이었던 이곳 양양성당은 디모테오 이광재 신부의 고귀한 희생정신을 인정받아 지난 2017년 교황청으로부터 순교 성지로 서품되었다.

　한국전쟁으로 돌아가신 영혼들을 우리가 어찌 헤아릴 수가 있을까만, 그중 우리 가톨릭의 사제, 수녀들의 수많은 순교가 유난히도 생각나는 어지러운 나날이다.

가진 것이 많으면
베풀 것이 없다

인천 맨발 가르멜 수도회는 계양산 기슭에 자리하고 있다. 이곳에는 수도원이 4개나 있으니 풍수지리로 본다면 엄청나게 축복받은 마을이다. 가르멜 수도회, 전교 가르멜, 노틀담 수녀회, 마리아 수도회 이렇게 4곳이다. 내가 이 근처에서 살던 비교적 먼 옛 시절, 새벽 미사는 꼭 바쳤다. 가끔 수도원의 수방에서 혼자만의 하루 피정을 하곤 했다.

많이 목마르고 허기진 때였다. 어느 날 새벽 미사를 드리던 중에 생각했다. '오늘은 휴가도 낸 날이니 하루 피정하고 싶다.' 미사 끝에, 신부님께 청했더니 그날따라 빈 수방이 없다 하시며 마리아 수도회로 연락을 해주셨다. 찾아오라 하셨다.

나는 기쁘게 쫄랑쫄랑 찾아갔다. 제법 쌀쌀한 계절이었다.

수녀원은 추우니 옷도 든든히, 무릎담요, 성무일도, 성경책, 돋보기, 약과 따뜻한 물에 필기도구까지. 준비물만 해도 한 보따리였다. 그 보따리를 싣고 수녀원을 찾으니 늑대처럼 커다란 개가 요란하고 낯설게 짖어댄다. 두어 번 짐을 수방으로 옮기다가 조용히 다가온 수녀님에게 들켰다.

"아니, 짐이 참 많으시네요."

에구머니나, 참 부끄러웠다. 내 삶의 무게만큼 보따리가 어마무시하니, 너무도 창피했다.

가난, 정결, 순명의 생활을 하는 수녀님들. 단정한 아름다움이 드러나는 동복과 하복 두 벌의 수도복만으로 사시는 분들이다. 그 당시 나는 교통사고로 몸과 마음이 많이 다쳐 겁쟁이가 된 상태였다. 안 그래도 감기는 내 친구요, 요추 추간판탈출증, 역류성식도염, 피부의 연한 쪽으로는 '콕콕 바늘로 쑤시는' 대상포진으로 보따리가 많을 수밖에. 온 사방이 조용한데 주방 쪽에서 깔깔거리며 소곤대는 목소리가 들려온다. 하루 중 천진스러운 수녀님들이 가장 편하게 자신을 내려놓는 시간이리라.

한동안 근무시간을 조절해 오후에 일찍 퇴근할 수 있던 시절에는 노틀담 수녀회의 사랑터를 찾았다. 집 근저었기에 부담이 없었다. 저렴하게 구입할 수 있는 거래처가 있어서 사랑의선교수녀회 온정의 집과 노틀담 수녀회에 미역, 멸치, 북어 등 건어물과 마음도 얹어 날랐다. 노틀담 수녀회는 어느 독지가 한 분이 이민을 가시면서 집, 장롱, 주방기구, 식기 등을 모두 기부하고 가신 집이었다. 아담한 2층 저택으로 소나무도 멋지고 정원수도 우아한, 살고 싶을 정도로 탐나는 집이었다. 식기까지 전부가 다 진품명품이었다. 거실과 방에 깔린 모노륨 장판은 이웃 성당의 레지오 단원들이 가끔씩 오셔서 세제로 닦고 소독도 해주신다. 원장 수녀님의 위생 관념과 봉사하는 분들의 정성에 깊이 감격했다.

집에 와서 생각하면 그 당시에는 귀한 김치냉장고에 가득 찬, 제주 귤보다 한 단계 높은 수입 오렌지이며, 참외 등 온갖 과일. 모든 것들이 희사품이라 하시던 말씀에 조금밖에 못하던 내가 부끄럽기도 하고 내 집보다 더 위생적으로 관리하는 수녀님의 능력에 감탄할 뿐이었다. 그때 원장 수녀님은 말씀하셨다. "여러 가지 이유로 여기 계신 분들은 더 대우받으셔야 한다." 또 말씀하셨다. 치매에 걸리더라도 당신 특유의 본성은 안 변한다는 것이었다. 멋쟁이인 할머니는 연세가 드시고 아프더라도 옷매무새, 의복, 장신구까지도 예쁘고 고운 것으로 치장하신다고. 그리고 신심 깊은 어르신은 병중임에도 '주님의 기도'를 줄줄이 바치신다고 한다.

이렇게 달랑달랑 쫓아다니는 내가 맘에 드셨을까. "베로니카 자매의 일생 중에 요즘은 참 으뜸가는 나날일 것 같다."고 하셨다.

다음으로 '마더 데레사회' 시설이 있다. 경인고속도로 변 인천 석남동에 자리하는데 '사랑의선교수녀회 온정의 집'이라 이름 붙였다. 이곳의 특징은 3가지 요건에 해당하는 사람들, 즉 ①중환자 ②무일푼 ③무연고자 사람들만이 입소할 수가 있었다. 많은 도움이 필요하다는 지인의 설명을 듣고 노틀담과 비슷한 시기에 나는 발걸음을 하였다. 완전히 다른 두 시설의 환경에 가슴 아파하며. 한동안 봉사하다가 나의 둥지를 옮기면서 멀어졌다. '사랑의선교수녀회 온정의 집'은 2014년 인천 서구 오류동에 건물을 새로 지어 이전했다고 한다.

20세기의 성녀라 일컬어지는 마더 데레사가 1948년 4월 교황청의 뜻에 따라 창립한 사랑의선교수녀회 영성은 십자가 위 예수님의 마지막 말씀 '목마르다'에 근원을 두고 있다. "며칠 전 제가 천국의 문 앞에 서 있는 꿈을 꿨습니다. 그러나 성 베드로께서는 '지상으로 돌아가거라. 이곳에는 빈민굴이 없느니라.'라고 말씀하셨습니다." (1996년 연설)

그녀가 평상시 모든 이로부터 존경과 사랑을 받은 원천은 사랑의 기적을 이룬 가난이었다. 마더 데레사는 버릴 수 있는 모든 것을 버린, 가난한 이들 중 가난한 이였다.

십자가의 성 요한(1542~1591)의 부친 곤살로 예페스는 본래 스페인의 중심지인 톨레도에서 성직자나 거상을 배출한 반듯한 가문 출신이었지만 집안의 반대를 무릅쓰고 개종한 유대인 혈통의 여인 카탈리나 알바레스와 결혼했다. 부와 명예를 버리고 사랑을 선택한 아버지는 요한이 아주 어릴 때 사망했다. 가난에 시달리던 가족은 요한이 아홉 살 되던 1551년에 고향을 떠나 무역 도시인 메디나 델 캄포로 이사했다.

어린 요한은 극빈자 대상의 기술학교에서 온갖 기술을 배웠고, 성당의 여러 봉사 업무를 수행하며 청소년 시기를 보낸다. 그러다 지역의 자선 병원인 메디나병원에 취업한다. 말이 취업이지 엄청 가난한 병원이었기에 요한은 거리에서 구걸을 해서 환자를 먹여 살리고 피고름을 닦는 간병을 7년간 한다. 그사이 충실하고 헌신적이며 진지하게 생활하는 요한에게 병원장이 체계적으로 공부할 수 있는 여건을 마련해주어 그는 예수회 수도원에서 경영하는 학교에 다녔다.

요한은 1563년 메디나 델 캄포의 가르멜 수도회에 입회한다. 권위 있는 살라망카 대학에서 철학, 신학 공부를 하고 25세 되던 1567년 사제가 된다. 사제 서품을 받은 후에 운명적으로 만난 이가 바로 아빌라의 데레사였다. 요한은 그 당시의 가르멜보다 좀 더 엄격한 영성 생활을 하고 싶어 카르투시안회로 옮기고자 한다. 이에 아빌라의 데레사는 함께 개혁해서 원래의 순수함을 회복하자며 설득한다. 우여곡절 끝에 십자가의 요한과 아빌라의 데레사 두 분은 함께 가르멜을 평정하시니 가르멜의 사부·사모로 칭송을 받으신다.

가르멜의 산길, 어둔 밤, 영혼의 노래, 사랑의 산 불꽃 등 주옥같은 글과 시들은 요한과 함께, 개혁을 반대하는 같은 수도회 수사들로부터 핍박과 모진 고난을 받으며 세상의 빛으로 잉태된다. 요한은 스페인 역사에서 절정이던 시기, 자신의 심오한 영성을 꽃피우고 열매를 맺으신다.

십자가의 성 요한은 16C, 마더 데레사는 20C에 출생, 시대적으로도 다른 환경에서 사셨기에 비교할 수는 없다. 그럼에도 소외된 인간에 대한 사랑의 깊이와 폭은 팽팽하게 마주한다.

위의 두 분 성인께서는 삶의 결은 다르나 빈자의 안식저었고 위로가 되셨다.

마태 19:21 // 네가 완전한 사람이 되려거든, 가서 너의 재산을 팔아 가난한 이들에게 주어라. 그러면 네가 하늘에서 보물을 차지하게 될 것이다. 그리고 와서 나를 따르라.//

우리는 빈손으로 왔다가 빈손으로 가지만, 우리는 주님을 모시므로 영원토록 즐거워할 수 있습니다. 주님이 주신 재능, 물질, 시간, 건강을 주님 뜻대로 사용하게 하시고, 나의 손길을 필요로 하는 사람들에게 겸손과 섬김의 마음으로 오직 주님의 이름에 영광 돌리게 하소서.
주님께 간절하게 비옵니다. 아멘!

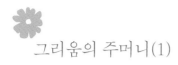

그리움의 주머니(1)

봄의 교향악이 울려 퍼지는 청라 언덕 위에 백합 필 적에
나는 흰 나리꽃 향내 맡으며 너를 위해 노래, 노래 부른다.
청라 언덕과 같은 내 맘에 백합 같은 내 동무야.
네가 내게서 피어날 적엔 모든 슬픔이 사라진다.

박태준 작곡, 이은상 작시의 '동무생각'은 작곡가의 짝사
랑을 바탕으로 만들어진 곡으로 바리톤 황병덕과 메조소프
라노 백남옥이 즐겨 부르는, 동무를 그리워하는 마음을 그린
격조 높은 노래다. 이렇게 누구에게나 한두 가지 그리움이
있듯이 내 그리움의 실체에는 언제나 계산동 가르멜 수도원
의 언덕이 야트막하니 자리한다.

1976년경 계양 산등성이에 지어진 인천 가르멜 수도원은 아주 넓은 곳으로 어느 은인이 희사했다. 초창기 우리 선배 어르신들은 서울에 회관이 없어서 인천 수도원까지 다니셨으니 차를 몇 번씩 갈아타고 월 모임에 참석하셨다 한다. 그 계산동 골목에는 가르멜 수도회, 전교 가르멜, 노틀담 수녀회, 마리아 수도회 등 4개의 수도원이 고요의 기도 속에 잠겨 있다.

미사 전, 하루의 시작을 수도원 소성당에서 성무일도로 시작한다. 수사님, 신부님들과 함께. 소성당 바닥은 마루로 모두가 신을 벗고 올라선다. 한겨울 우리는 따뜻하게 입고 신었지만 장궤틀 아래로 보이는 양말 중에는 바닥이 낡아서 해어지게 생긴 양말도 있었다. 춥게 지내시는 수사 신부님들 한 분 한 분 모두 내 식구 같았다. 나는 양말을 넉넉하게 준비하여 넣어드렸건만 내가 그곳을 떠날 때까지 아무도 신지 않으셨다. 모자람 속, 부족한 곳으로 보내시는 나눔의 풍요를 더 귀하게 여기시는 품위 높고 깊으신 주님의 목자들….

깊은 겨울 아마도 2월경 종종 보던 수도원 성당 건너편 새벽 하늘을 아름답게 불태우는 노을의 아름다움은 말로 다할 수가 없다. 지금도 2월 그때쯤이 되면 눈부신 파노라마의 색채들은 나를 그곳, 하느님 천지창조의 위엄으로 가득 찬

하늘로 불러들인다.

조금 일찍 도착한 형님 어르신들과 수도원 뜰에서 이런저런 담소를 나눈다. 새로 오신 김형신 이냐시오 신부님께서는 가냘프고 영리하신 모습이 꼭 소년 다윗과 같다 하여 형님들은 안성맞춤으로 별명을 지어드렸다. "다윗 신부님".

박병해 스테파노 신부님, 박태용 요한 신부님, 박현찬 에우세비오 신부님, 이종욱 안셀모 신부님, 정순택 베드로 신부님, 이돈희 보니파시오 신부님, 김형신 이냐시오 신부님, 안토니오 수사님, 안드레아 수사님 등은 지금도 그곳에 계실까? 자주 뵌 권영상 클레멘스 신부님은 조금 늦게 입회하셨고, 김광서 토마스 아퀴나스 신부님, 장석훈 베르나르도 신부님, 조운용 엘리아 신부님, 이석재 요한 마리아 비안네 신부님, 서봉교 예로니모 신부님, 윤주현 베네딕토 신부님, 강유수 마리요한 신부님 등 많은 신부님들이 모이실 때면 계산동 수도원의 제대 위에는 신부님, 수사님들로 꽉 차 거룩하고 엄숙한 미사를 봉헌하곤 했다. 미사 끝에는 베드로 신부님, 보니파시오 신부님께서 주로 고해성사를 주셨고 울림 있는 상담도 해주셨다.

집 가까운 곳에 새벽 미사가 있는 곳을 찾다가 참석하게 된 가르멜은 갈색으로 대답하는 매력적인 곳이었다. 계속 미사에 참여하니 에우세비오 신부님께서 "저쪽에 앉아서 미사드리는 자매, 재속회에 입회하시지요." 하며 권하셨지만, 나는 그 신비로움이 두렵고, 정결한 질서가 조심스러워 엄두가안 났다. 그러다 신부님 말씀에 힘입은 나는 얼마 지나지 않아 효임 골롬바의 도움으로 입회하는 은총을 받는다.

허숙자 아가다 회장님, 알로에농장을 하시었고 총총히 주님 곁으로 가신 홍승효 마르타 구역장님, 임영순 안나님, 직장에 다니면서도 매우 열심히 하시던 신부님 어머니 정정순데레사님 등 귀하신 분들이 새록새록 떠오른다. 가톨릭 특유의 냉랭한 면도 있었지만 훈훈한 분위기는 냉담함을 덮었고, 이복희 젬마님은 월 모임의 신부님 강론 말씀을 정리하고엮어서 강당 가득한 회원님께 나누어드렸다.

지난 2006년에는 삼위일체의 복녀 엘리사벳의 서거 100주년을 기념해서 그분의 영성을 기리는 행사를 계양문화회관에서 거행했다. 그리고 2009년 10월 18에는 한국 가르멜수도회 관구 승격 기념 미사를, 2010년 4월 18일에는 창립멤버이신 박병해 스테파노 신부님 금경축미사와 축하식을관구장님이셨던 김영문 브루노 신부님께서 집전하셨다. 이세 번의 큰 행사 중에 두 번 참석하였는데 오래도록 생각나는 장면이 하나 더 있다. 지하철 1호선을 타고 이동하던 중에 중간중간 진갈색 옷을 입고 승차하시는 분들이 참 많았다. 보나 마나 우리 회원들이셨다. 함께하던 형님들과 동지적인 기쁨으로 우리만의 옷이 너무도 대견스럽고 자랑스러웠다.

그 당시 진갈색 옷에 대한 우리 모두의 사랑은 유별났으니 월 모임과 구역 모임 때 짙은 갈색의 한복을 입은 회원님도 있었고 어쨌든 조금이라도 다른 색 옷을 입으면 선배 형님들께서 한마디씩 하셨다. 짙은 갈색 옷을 입고 성모님 상 옆 쪽문으로 들어오시는 마르타 구역장님은 인품도 좋으셨으니 나도 그 옷을 입으면 덩달아 좋은 성격으로 바뀔 것 같은 부러움도 입회하는 데에 일조했을 듯하다.

내가 그리워하는 것이 또 하나 있으니 하루 세 번 삼종기도 종소리에 함께 소리 높여 짖어대는 덩치 큰 지킴이 베드로다. 짐승들은 기계음의 종소리가 거슬려서 짖는다지만 우리는 베드로도 어깨너머 배워서 기도한다며 소곤거렸다.

스쳐 가던 바람 소리, 그리고 베드로의 기도까지도 그리운 내 마음의 고향 가르멜 인천 수도원!

그리움의 주머니(2)

계산동 수도원. 성당 옆 너른 공터에 핀 보랏빛 감자꽃이 흥겹다. 꽤 넓은 공터에 텃밭을 조성해 수사님과 신부님들이 푸성귀 농사를 지으셨다. 감자를 수확할 때는 큰 포대를 가득가득 채웠다. 수도원 앞마당에 자리한 아름드리 살구나무가 따가운 햇볕에 농익은 열매를 맺으면 그 달콤한 향기가 가득했다. 최해월 루시아 형님은 한여름 더위에는 복중음식으로 이분들을 한껏 챙기셨고, 농사일에도 일가견이 있어서 신바람 나게 거드셨다. 우리도 따라쟁이가 되게 거울이 되신 분 중 으뜸이셨다.

그즈음 많은 금은보화를 줍는 꿈도 꾸었다. 반짝이는 다이

아몬드, 빨갛게 빛나는 루비, 에메랄드, 금반지 등을 한 움큼씩 손에 쥐었다. 지금 생각해보면 아마도 주님의 사랑이었음을. 그때는 주인을 찾아줄 생각을 안 하고 횡재했다고 좋아하던 꿈속의 마음이 어지러웠다.

이렇게 행복하던 시절도 잠깐, 차곡차곡 올라가는 면담에서 유보되면서 또다시 꿈결처럼 악몽 같은 환상을 겪게 된다. 수도원 성당 앞마당, 아름드리 살구나무 옆에는 아래쪽 주차장으로 내려가는 계단이 있고 기다란 장의자가 있었다. 월 모임 날 언제나처럼 일찌감치 도착하여 의자에 앉아 있는데 회오리바람과 돌팔매가 나를 향해 폭풍처럼 몰아쳤다. 그것은 유보되어 서글픈 내 마음의 한 자락 속으로 스며든 악령의 장난이었을까. 뒤따라 달려드는 돌팔매가 무서웠다. 낮잠 자다가 거북이보다 늦어진 토끼만큼 놀랍고 가슴이 서늘하여 잽싸게 성당 안으로 뛰어들었다.

지금 돌아보면 모든 것을 혼자 해결해야 하던 직업적 습관이 몸에 배어 정결·순명·청빈의 옷이 몸에 버거웠을까. 유보되어 의지할 곳 잃은 마음은 포기하지 않고 그룹성서공부로 이끌었으니 어두운 밤길을 한결같은 맘으로 넘어가는 축복도 함께 주셨다.

사제 서품식이 있는 2월에는 서품식 미사 끝에 재속회원들이 힘을 모아서 축하하러 오시는 가족과 손님들을 위한 다과상을 마련한다. 성당 앞마당에 몇 개의 텐트를 치고 난로를 놓고 정성으로 만든 샌드위치와 따뜻한 음료로 손님을 맞는다. 그런데 이상하기도 하지. 잡아놓은 날이면 그날따라 유난히 요란스러운 비바람이 불곤 한다. 장마철, 한여름의 태풍처럼. 안셀모 신부님께서는 이 상황을 우리 회원들을 막아서는 환경들로 비유하셨다. 가르멜의 산길처럼 모질고 사나운 삶의 소나기로.

어느 해 우리 재속회는 5월 '공동체의 날' 행사에 상주 가르멜 여자 수도원을 찾았다. 제법 먼 거리였지만 수도원 입구에서부터 계단 따라 흐드러지게 피어 있는 진홍색 철쭉처럼 곱게 미소 지으시며 어머니 성모님께서 반기신다. 에우세비오 신부님께서 미사 집전을 하셨는데, 오래전 당신께 아들을 위한 기도를 부탁한 일을 상기시키셨다. 나는 잊고 있었으니 자식의 곤곤함을 기도로 부탁한 것을 어미보다 더 오래도록 마음에 품고 기도해주신 신부님께는 현문우답(賢問愚答)으로 답하는 부끄러운 어미가 되었다. 하여 어르신들께서 하시는 이야기가 있다. "성직자의 어깨는 하나뿐. 어지간한 일이 아니면 그분들께 기도 부탁은 하지 말아야 한다."

그 시절 내가 거의 막내였으니 함께하던 어르신들은 대부분 단독 회원으로 지내신다.

계산동 시절 이웃의 한 형님께서 단독을 신청하셨고 후에 거리에서 폐지를 싣고 가시다가 나와 눈이 딱 마주치셨다. 계면쩍게 웃으셨던 사슴처럼 슬픈 눈이 지금도 잊히지 않는다. 그 당시 나는 단독이란 나이 들고 병약할 때 하는 것이란 생각만 했다. 사려 깊지 못하여 따뜻한 말 한마디 못 드린 내가 아쉽다.

하마터면 황반변성과 녹내장으로 시력을 모조리 잃을 뻔하셨던 임옥자 카타리나 님. 며느님 황영선 엘리사벳과 큰따님을 재속회원으로 인도하셨다. 형님은 마음처럼 품도 넓으시어 온갖 것을 사랑으로 품어주셨고, 우리는 풀 방구리에 쥐 드나들 듯 댁으로 드나들었다. 오락가락 사람도 못 알아보시는 아가다 구역장님, 그날이 그날 같은 모범생 벨라지아님, 잔정이 많으신 세실리아님도 깊은 병마에 고생을 하신다. 아가씨처럼 곱고 본당 활동도 솔선수범하던 엘리사벳은 일찍 주님 품에 안기어 우리를 슬픔에 잠기게 하였다. 그 시절은 우리가 언니처럼, 동무처럼 가슴이 시키는 대로 함께하던 시간이었다.

종신까지 도와주신 이규순 세실리아 양성자님은 치매가 깊으시다. 이춘우 마리아 회장님, 이춘희 데레사 구역장님, 추광지 벨라뎃다님, 여리고 착한 윤미원, 김희라, 박옥경 세 명의 레지나, 2012년에 나와 함께 5명(김희선, 이혜미 로사, 김선금, 김선경)이 종신서원을 했다. 그때 양성해주시던 김순금 벨라뎃다님은 집에서 넘어지셔 서너 살 아가가 되어 버리신 형제님을 간호하신다. 그 와중에도 묵상기도를 아침저녁 1시간씩, 2시간을 주님과 나누시며『하늘사랑 이야기』시집을 내셨다. 오랜 양성 끝에 함께 종신서원을 한 자매들. 나에게 알게 모르게 힘이 되어주신 선배님들, 특히 이규순 양성자님께는 많은 기도가 필요하리라.

온갖 거친 삶 중에도 같은 곳을 바라보고 함께 걷고 기도하는 우리. 변함없이 살고 살아 성숙한 성장을 이루고자 한다.

예성 서영원 그림

저는 예수님 고향도 못 가 본
주님 딸입니다.

예전에 스페인 성지를 함께 여행하자던 자매의 여정을 카
톡으로 뒤져보며 생각에 잠기어본다. 나는 남들이 몇 번씩
도 가는 예수님 고향, 우리 사부, 사모님의 성지를 한 번도
못 찾아보았다. 앞만 보고 살기에도 빠듯했고, 남들 다 가지
는 뒷주머니도 없었고. 퇴직 후에 예수님의 고향과 우리 사
부, 사모님의 활동지를 참말 가보고 싶은 마음이 들었을 때
는 부실한 건강으로 시일이 걸리는 여행에 자신이 없었다.

그런 이유로 내게 필요한 가르멜의 저서를 열심히 읽었다.
우리 재속회의 양성 교과서인 『가르멜의 정신과 삶』, 『완덕
의 길』, 『영혼의 성』, 『아빌라의 데레사』, 『창립사』, 『자서전』
또 사부님의 『가르멜의 산길』, 『어둔 밤』, 『무(無)에의 추구』,

『사랑의 산 불꽃』 등 주옥같은 많은 저서를 통하여, 그리고 『아기 예수의 데레사의 자서전』 등을 통해서 내 눈높이로 영성을 갖추어 갔다.

　그 당시 집에서 계산동 가르멜 수도원은 가까웠다. 수도원에서 함께 아침 성무일도를 끝내고 미사에 참석하시는 갈색 옷의 회원들은 너무도 단아하고 고귀해 보여 나도 입회하고 싶은 생각이 들었다. 55살이 되었을 때다.

　그곳 수도원에 상주하시는 수사님들까지 열댓 분 남짓 모여서 집전하시는 미사는 참으로 은혜롭고 거룩했다. 빠질 수가 없었다. 새벽마다 세상의 어떤 보화, 보물보다 더 풍성하게 하느님 은총의 갑옷을 입혀 나를 내보내셨으니 직장생활을 은혜롭게 무사히 20년 반 넘게 마치고 정년퇴직을 할 수 있었다.

　모든 것은 다 지나가는 것이라고 사모님께서는 노래하시지만 나름 고달픈 세월이었다. 그때마다 우리 사모님의 17개 수도원을 창립하시는 이러저러한 고난의 세월에 나도 동참한다는 생각을 했다. 성령께서 내게 걸맞게 인도하셨음이리라.

　그 시절 사부님의 『어두운 밤에』, 『영혼의 노래』 등에 홀려서 땀과 눈물을 흘리며 시구를 외우면서 운동장을 돌며 묵상하던 기억이 있다. 그 기억으로 호젓하게 성당 가는 길, 역전으로 가는 길에서 사모님의 '아무것도 너를'을 소리높여 노래한다. 어느 손자 키우는 할머니는 이 노래로 자장가를 부르신다니 성녀께서 수호성인이 되시어 예쁜 영혼으로 이끌어주실 것이다. 성녀께서는 어린 시절부터 소꿉놀이로 제대를 쌓고 사촌들과 함께 미사놀이를 할 정도로 거룩한 성 가정에서 신심 좋은 교육을 받으셨다. 사랑은 닮고 싶은 사람을 흉내 내는 것이라지요. 나도 손자들을 만날 때는 성수를 찍어 성호를 그어주며 기도를 해주니 이 녀석들 '아멘! 아멘!'을 소리쳐 부른다.

첫 번째로 1553년 38세의 아우마다의 데레사는 무심코 가대소(歌臺所)를 가로지르다 상처투성이신 주님의 흉상에 멈추어 선다. 오래전부터 헛되이 마음의 문을 두드리시던 예수님께서 마침내 '무정한 마음'에 들어오시게 된다. 밧줄로 꽁꽁 묶인 비참한 몰골의 흉상에서 데레사는 자신의 잘못을 낱낱이 알아차린다. 마음 밑바닥에서 우러나오는 통곡의 날 이후로 데레사는 자신이 변했음을 깨닫는다. 찾아오는 손님을 피하고 묵상기도에 힘쓰며 더욱 겸허히 참을성도 키웠다.(자8~9,5)

1553년 데레사 성녀가 회심을 하게 된 주님의 성상

두 번째는 1554년 초 갓 출판된 아우구스티노의 『고백록』을 읽는다. 꿀맛 같은 세속에서 벗어나고자 애쓴 성인의 모습에서 자신을 보았다. 이 감동으로 '주님께서 나를 부르시는 듯. 나는 오랫동안 울었습니다'라고 쓴다. 이 두 사건으로 성녀는 아주 딴사람이 되었다. 그러나 원래의 데레사로 돌아왔으니 '언제나 항상 끝없이' 위대한 하느님 안에서 살기 위해 선뜻 순교까지 원했던 어린 데레사의 모습으로 돌아온 것이다. '이제야 새로운 책, 새로운 삶이 시작됩니다. 나 자신에게서 풀려나게 하신 하느님은 찬미 받으소서.'(자 23.1)

1553년~1558년에 성녀께서는 바로 옆에서 늘 자신을 보호하고 계시는 주님을 확실하게 느꼈다. 크고 잦은 현시도 주시어 여성을 폄하하던 중세시대에 마음의 십자가도 컸으니 그 후로는 한시도 곁을 떠나지 않으셨다 하신다.

1575년 베아스 창립을 끝낸 뒤 교황 시찰사인 그라시안 신부가 세고비아에 수도원을 창설할 것을 부탁한다. 세고비아의 기후, 풍습과 잦은 반란 등으로 망설였지만 순종하기로 맹세했기에 세고비아로 창립을 위한 여행을 서두른다. 창립된 베아스 수도원을 예수의 안나에게 맡기며 "나는 이름뿐이고 안나는 실력이 있습니다."라는 덕담을 남기고 길을 떠나는 데레사는 색동옷을 금색실로 장식하는 위트와 유머를 갖춘 멋쟁이셨다.

60살 넘은 나이에 지병이 있던 데레사는 여느 때처럼 역시 한 푼도 없었다. 종종 끼니를 거르기도, 약간의 빵과 콩과 버찌 몇 개뿐이었지만 늘 감사! 물이 포도주만큼 비싸기에 갈증은 제일 모진 고통이니 감사! 첩첩 산을 넘고 또 넘어 잠자리의 빈대 때문에 감사! 방해꾼 때문에 감사! 험난한 여행길이기에 감사!

모두들 온갖 고생으로 다져져 성숙해졌고, 빈대와 벼룩도 험한 길도 방해꾼들도 아쉽지 않게 주신 하느님을 진심으로 찬미했다.

에스파냐에서 가장 부유하고 준비는 다 갖춘 지역인 세고비아의 아가씨들이 가르멜 수도복을 받으려고 줄을 서서 어머니의 도착만을 기다린다는 그라시안 신부의 달콤한 유혹 아닌 설득으로 시작된 세고비아 수도원의 창립은 이렇게 이루어진다.

이 세고비아 수도원의 첫 시작처럼 달콤한 설렘으로 인생의 소풍 길을 흔들리는 나뭇잎처럼, 손짓하는 구름처럼 주님께 찬미·감사 드리며 데레사 어머니께 나를 비추어본다.

사진 포럼

복음화학교 가는 날이다. 슬쩍 책장을 넘겨보니 '사진 포럼(FORUM)'이 오늘 수업의 주제였다. 포럼이라는 낯선 단어에서 '나의 영적 진보와는 관계없으리라' 어리석은 단정을 했다. '마침 몸도 무지근하니 하루쯤 빠져볼까나?' 마귀가 유혹을 한다. 그런데 오묘하게도 새남터 성당에서 피정하던 순간이 떠오른다.

피정을 하던 날 내 옆자리의 젊은 자매는 하염없이 흐느꼈다. '무슨 사연이 이토록 깊을까? 무엇이 아리땁고, 곱살하고, 게다가 부티까지 나는 이 여인을 괴롭힐까?' 그러나 다시 생각해보니, '이 여인은 눈물로 지난날을 씻어버리고 사랑으로 화장을 하니 하느님께서는 보다 큰 빛나는 보석으로 다시 태어날 축복을 주실 것이다'라는 생각이 들었다.

　오랜 세월을 울고 싶어도 울지 못했던 내가 그 자매와 함께 껴안고 등을 쓸어주며 몇십 년간 맺힌 멍울을 눈물로 풀어냈다. 그것은 하느님께서 주시고 싶은 만큼 주신다는, 성령을 통해서 베푸시는 은총의 기쁨이었다. 그런 추억으로 수업 중에 교수님의 강의가 머릿속에 쏙쏙 들어오는 것이 참으로 행복했다.

　사진을 두세 장 골라서 자신의 과거와 미래, 자신의 영성에 대해 이야기하는 시간이었다. 다른 학생들은 이것저것 골라서 자리로 돌아가는데 웬일인지 성질 급한 나는 서툴고 어리바리하게 허둥대며 늦어졌다. 작은 물고기들이 무리를 지어서 큰 물고기를 이루는 사진과 호롱등잔불이 너른 광장을 홀로 외로이 밝히는 사진으로 두 장을 골랐다.

　큰 무리의 물고기들은 초라한 한 마리가 그들 안으로 들어서는 것을 거부하는 강한 몸짓을 하고 있었다. 그 외톨이는 바로 나였다. 내가 그들과 합일된다면 서로가 모자라는 2%를 완성할 수 있는데, 그 거대한 무리의 물고기는 한 구석이 물어뜯긴 양 비어 있었고, 조그만 내가 채우면 퍼즐을 맞추듯이 딱 맞을 것만 같았다. 하지만 그것은 내 생각일 뿐이었다. 그들의 무리 속으로 들어가려는 나를 형제들은 온몸으로 밀어내며 받아주지 않았다. 외롭고 외로워서 몸서리를 치는 내가 너무도 가여웠다. 나도 함께 그들과 나누고 웃고 즐기고 싶었지만 나는 혼자만 쓸쓸하게 소외되었다. 정말로 가슴이 텅 비어 아리고 저리다 못해 쓰라리고 슬펐다.

누구에게나 십자가는 있고 나 역시 내 것만을 껴안고 또 정신없이 앞만 보고 살아왔으니 이제 다시금 돌아보게 된다. 나는 내 앞가림을 하느님 안에서 주님의 은총으로 이루어 왔다고 생각하지만, 저들이 보기에는 저만 생각하고 나누지 못하는 욕심쟁이로 보였으리라. 그런데도 사랑으로 채워야 하는 가슴을 욕심으로 가득 채운 나를 자비하신 하느님께서는 또다시 사랑으로 기회를 주신다. 이런저런 어려움 중에도 나를 택하셔서 깨어 있게 하셨고 당신께 대한 경외감으로 나를 비우고 나누며 좀 더 당신에 대해 많은 것을 올바로 알고 믿으면서 자존감과 분별력을 갖는 긍정적인 성격으로 변화시켜 주신다.

그것은 복음화학교에서 학습한 것을 복습으로 반복하며 습득하고, 남편한테도 전달하며 열심히 사는 내 삶의 여정이었다. 십자가의 크기만큼 희망도 커지니 힘든 시절 하느님 안에서 이성과 의지와 기억으로 무장하고 정결과 청빈과 순

명으로 다져졌을 때 그분께서는 반드시 용기와 위로와 기쁨
의 답을 주신다는 것을 깨닫게 되었으니….

어느 날 가톨릭 영성 잡지사에서 짧은 원고 청탁이 들어왔
다. 내가 속한 재속회 회보에 몇 번 기고한 것을 보았고, 성
모님께서 떠오르게 하시어 연락하게 되었으니 진솔하고 부
담 없이 가볍게 써줄 것을 청했다. 보시다시피 나는 인간적
으로나 영성적으로나 아무것도 내 힘으로 할 수 없는 가난
하고 병약하고 하잘것없는 여인네다.

그러나 주님께서는 필요하실 때 언제나 도구로 써주신다.
당신의 도움이 없다면 손가락 하나 움직일 수 없지만 저 너
른 광야에서 등불이 되어 말씀을 통해 저들의 가슴 안에 하
느님께 대한 울림과 설렘을 나눌 수 있는 사랑을 주셨으니
주님께 감사와 찬미와 영광을 드릴 뿐이다.

주님, 주님의 초대에 감사하며 행복한 하루를 봉헌합니다.

재속 가르멜회 지원에서 수련까지

제가 2003년 이후 재속 가르멜회에 발을 디딘 지도 만 2년이 됐습니다. 되돌아보니 주님께서 주신 영혼의 양식이 나를 이렇게 키웠습니다. 찬미와 영광을 드립니다.

50살 넘어서 시작한 운전이 너무도 감사해서 새벽 미사에 참석했습니다. 몇 개월 하다 보니 하느님과 사귀는 일에 있어 첫걸음에 불과하다는 생각이 들었습니다. 하여 직장 근무가 끝난 후에 형제님들과 출애굽 그룹 성경을 시작했으며, 마르코 복음까지 끝내게 되었습니다.

그러나 성경공부 중에도 뭔지 모를 허망함과 허전함 속에서 앞이 보이지 않는 막막한 슬픔에 빠져서 며칠씩 눈물을 흘리며 보냈습니다.

함께 100주간 성서를 하던 가르멜 회원인 자매는 나날이 영성이 크게 자라는 것이 눈에 보이는데 나는 왜 이리 험한 세상과의 끈을 놓지 못하고 절벽을 오르는 듯 위태로운 느낌 속에서 살고 있는지….

나름대로의 간난신고(艱難辛苦)를 통하여 세상 것의 헛됨을 일깨워도 주셨건만, 헛똑똑이인 내게는 한 치 앞도 보이지가 않았습니다. 그러던 중 그 자매가 성무일도할 것과 가르멜 입회를 권해주었습니다.

주님께서 나를 찾아주시고 내가 애타게 갈망하던 그 무엇이 가르멜에 있는 듯하여 그 자매를 따라나섰습니다. 첫날 신부님과 교육수련장님의 강의는 제게 큰 감동을 주었습니다. 이곳이라면 내 마지막 열정을 하느님께 바칠 수 있게 바른 길잡이를, 내가 하느님께 더 가까이 다가갈 길을 안내해줄 것만 같았습니다. 그런 제 마음을 붙든 채 오늘도 성인들의 노력하시던 모습 안에서 나를 비우고 내 십자가를 친구 삼아 주님의 음성에 귀 기울입니다.

집에서 수도원까지는 2~3km 정도 됩니다. 매일 아침 신부님, 수사님들과 함께하는 성무일도로 찬가를 부르며 하느님 품에 안겼습니다.

또 모두와 함께하는 영적 독서 중에 우리 사모이신 데레사 어머니께서 겪으신 일 중 2가지가 제 마음을 설레게 했습니다.『아빌라의 데레사』중에서 그 부분을 인용해봅니다.

하나는 개혁 가르멜 수도원 창립 모두가 무(無)로 돌아갈 위기에 처해진 그때 눈물과 회한 속에서 곡기를 끊고 마음 아파하실 때. 바르톨로메오의 안나가 성녀를 모시고 식사를 권했을 때. 성녀께서는 또 눈물이 앞을 가리어 식사를 하지 못하시게 되는데. 하얀 옷을 입으신 우리의 예수님께서 빵을 떼어 친히 먹여주셨다. 한 입씩 마치 어린아이에게 하듯이. "딸아 먹어라. 네가 얼마나 고통을 견디는지 보았다. 용기를 내어라."

또 하나는『영혼의 성』을 쓰시던 무렵 톨레도의 고요한 한밤중 신비로운 빛으로 가득한 밤이었다. 수방 낮은 책상 앞 바닥에 앉으신 성녀께서 침침해진 눈에 돋보기를 걸치고 새 노트에 긴 거위 깃펜을 쥐고 전할 말씀이 있어 찾은 나치미엔토의 마리아를 돌아보신다. 그 순간 하느님께 사로잡혀 오랫동안 꼼짝도 않고 계셨다. 놀란 마리아도 데레사의 곁에서 기도에 끌려 들어갔다. 제 정신이 돌아왔을 때 하얗던 노트가 데레사의 글씨로 가득 메워져 있었다. 마리아가 놀라 소리 지르자 어머니는 늘 그러듯이 재치 있게 입을 막아버렸다. "바보같이! 떠들지 말아요." 그리고 공책을 서랍 속에 집어넣었다.

　성경 말씀도 꿀맛이지만, 멍청하고 아둔하면서 잘난 척하는 나는 이렇게 직설적인 표현 속의 그분들을 상상하는 것으로 마음 설레며 (성녀께서는 그 무엇에도 마음 설레지 말라셨건만) 제 영혼의 꽃밭에 주님을 위해 꽃씨를 한 알씩 뿌립니다.

　엘리야 선지자께서 이자벨 여왕에게 쫓겨 가르멜의 한 동굴로 피신하시는데 그때 폭풍, 지진, 불길이 일어나지만 모든 것이 잠잠해진 다음 큰 고요 속에서 "엘리야야, 네가 여기에서 무엇을 하고 있느냐!"는 하느님의 말씀을 듣게 됩니다.
　이 고요 속의 기도인 묵상기도를 저희 가르멜의 정신으로 삼는다는 것도 배웠습니다. 이 기도 속에서 제가 구원의 은혜를 기쁘게 받아들이고 그 은혜를 새로운 삶으로 드러내고 주님 말씀에 응답하게 하십시오.

"베로니카야! 너는 나에게 무엇을 해주겠느냐?"

자캐오의 사랑
– 완덕의 길을 향하여

몇 년 전, 입회 전에 가르멜 회원 한 분이 책 한 권 읽기를 추천하며 보여줬습니다. 그 책은 『천주자비의 글』이었습니다. 바로 책을 열어보니 글씨가 잘았습니다. "나 시력이 나빠서 잘 안 보여. 글씨가 너무 잘다." 돌려주는 마음이 약간은 미안했습니다. 그런데 입회 후, 반 모임 때 묵상 자료로 이용되는 책이 바로 『천주자비의 글』이더군요. 그런데 신비스럽게도 깨알 같던 글씨가 대문짝만큼 크게 내 작은 눈에 쏙 들어왔습니다.

요즘 우리 수련기의 영적 독서는 『완덕의 길』을 읽고 질문에 답하는 일입니다. 제가 워낙 독서를 좋아해서 좋아하는 작가의 책은 밤새워 읽곤 합니다. 그 여력에 힘입어『완덕의 길』도 몇 차례 읽었는데『가르멜의 산길』보다는 조금 쉬웠답니다. 그런데 예전에 읽을 때보다 신비스럽게도 너무나 이해가 잘되어 한 장 한 장, 1번, 2번 넘어갈 때마다 영적 계단을 한 단계씩 차근차근 이끌어주시는 듯해 절로 감탄이 터지는 겁니다.

오! 감히 말씀드리지만 예수의 데레사 성녀를 통했을 뿐 성령께서 써주신 것이 아닐까요. (매사에 뛰어나신 우리 사모께서는 수실로 비유하자면 금실과 같아서 언제, 어디서나 서로 다른 상대를 어울리게 하는 절묘한 능력을 가지셨듯 저서를 쓸 때도 특별히 교정 보지 않으셨답니다.)

모든 것에 때가 있겠지만 깨달음의 은총을 주심에 오롯한 감사와 찬미를 드립니다. 하루하루를 쪼개가며 생활해야 하는 내가, 아침 미사 전에 성전에서, 직장에서 낮에 잠시 조용한 틈을 이용하여, 아니면 늦은 시간 한여름 뜨겁게 달구어진 우리 집 베란다 바닥에 책상다리하고 앉아서 기도하고 묵상합니다.

나를 하느님 안에서, 그분께 가까이하고 싶은 마음에서 뒤집어 보고 찢어보고 헤집으며, 가시는 발라내면서 얻은 주님께서 주신 보물입니다. 처음은 하루하루를 빠짐없이 나누어주신 생활계획표에 동그라미를 치기 위하여, "한 칸 한 칸 메우는 것이 재미있잖아" 하며 몇 달을 하다 보니 그건 너무 힘이 들었습니다. 평일 새벽미사를 빠지면, 결국 매일미사에는 동그라미를 놓치고 맙니다. 조금만 더 늦잠을 자고도 싶은데….

고해성사도 보았습니다. 사랑으로 가득 채워져야 할 내 가슴에 자리 잡은 욕심 많은 제가 너무도 밉고 힘이 들었습니다. 한동안은 가슴이 답답했습니다. 그러던 중 다시금 깨달음을 얻었습니다. 그분께 맡기지 않고 내 힘으로 하려는 욕심 때문이었습니다. 모두를 봉헌할 때에 함께해주시고, 가랑비에 옷 젖듯이 평화로 가득 채워주십니다. 그리고 다시금 깨닫습니다. 그분께 대한 욕심은 욕심이 아니고 열정이라는 것을.

저는 성서 속 인물 중에서 닮고 싶은 인물이 많습니다. 그분들 중의 한 분은 키 작은 세리 자캐오입니다. 현실에 만족하며 자신의 직업에 충실하던 세리 자캐오 말입니다. 너무나도 예수님을 바라는 마음에서 사람들 틈새에서 주님을 뵈올 수 없는 자신의 신체적 결함을 뛰어넘어서 돌무화과나무에 올라가서 주님을 바라보던 인간 자캐오가 드디어 주님의 사랑을 얻어냈지요.

저는 이 자캐오의 이야기로 가끔씩 묵상하곤 합니다. 세상 것이 좋아서 남보다 더 열심히 세리로 활동하던 그가 사람들의 등 뒤에서는 아무것도 보이지 않기에 나무에 올라갑니다. 그는 자신의 체력의 한계를 극복하는 지혜로움을 보여줍니다. 또 쉽게 할 수 없는 헌신과 열정도 보여줍니다. 주님을 모르던 시절 모은 재산의 50%를 되돌려주겠다는 그 마음입니다. 재물은 끝없이 채우고 싶고, 채우는 재미는 아귀 같아서 한 섬 가진 사람의 것을 빼앗아서 나의 아흔아홉 섬에 보태고 싶어진다는 것 아니겠습니까?

저의 부끄러운 과거가 다시 떠오릅니다. 젊은 시절 생명의 고귀함을 생각 못하던 저는 죄를 짓게 됩니다. 그리고 방상복 안드레아 신부님(현재 안성 미리내에서 실버타운 유무상통(有無相通) 마을을 운영 중)께로부터 죽을 때까지 의지할 곳 없는 고아와 노인들을 돌보아주라는 보속을 받게 됩니다. 한 20여 년을 나름대로 열심히 나누었습니다. 그러면서 얻은 결론은 옛날 어른들의 한결같은 말씀입니다. 보이는 물질로 쌓아 가지고 가는 사람 아무도 없으니 덕행으로 하늘나라의 보물창고에 가득 채우라는 예수님의 말씀입니다.

나눔으로 얻는 진리 또한, 나눌수록 크게 채워주신다는 섯입니다. 영적인 사랑과 물적인 것 역시 그러합니다.

　이런 의미에서 제가 20여 년 동안 어렵게 깨달은 사실을, 자캐오가 저보다는 쉽고 크게 깨달은 것은 주님을 바라고 희망하는 애절한 마음이 아니었던가 싶습니다. 자캐오의 사랑과 이탈은 우리 가르멜인 모두가 지향해야 하는 덕목(德目)이 아닐까요? 이런 피조물로부터 이탈한 자캐오를 주님께서는 매우 사랑스럽고 대견해하십니다. 하여 말씀하십니다.

　"자캐오야! 오늘 저녁은 너희 집에서 머무르고 싶구나."

'서울 십자가의 성 요한 공동체'는
한 그루 연리지(連理枝)입니다

한 달에 한 번 우리는 월례모임을 하러 종로구 부암동 가르멜 재속회관을 찾습니다. 어느 구역은 구역 모임도 재속회관에서 하지요. 그런데 회관 입구부터 우리의 인내심을 저울질한답니다. 헐떡이며 숨 가쁘게 오르는 길은 경사가 30도 이상은 될 듯 꽤나 가파르지요. 이렇게 어렵사리 힘들여 재속회관을 찾을 때면, 우리는 서로를 애달프게 찾아 하나가 된 나무, 연리지를 떠올립니다.

두 나무의 줄기나 가지가 맞닿아서 결이 서로 통한 나무. 뿌리가 서로 다른 나무의 줄기가 이어져 한 나무로 자라는 기이한 나무를 보셨는지요. 화목한 부부나 남녀의 사이를 비유할 때 많이 쓰이는 단어이지요.

연리지(連理枝)나무

아무도 말릴 수 없다, 저들의 사랑
언제부턴가 둘이 하나가 되어
물관 체관도 하나로 흐른다

 떨어진 두 몸이 하나 되기까지
서로 뼈를 내어주었으리라
서로 살을 내어주었으리라

고향 가면 마중 나온 부모님처럼
 한 자리에 뿌리박고 살다 가신 할머니처럼
언제나 그 자리에서 맞아주는 나무.

꽃시인 이윤정 시

　뿌리인 부모는 각각이지만 얼마나 보고 싶고 그리웠으면
바로 옆에 있음에도 손잡아 하나가 되었을까요. 우리도 그렇
게 가르멜을 찾는답니다. 혼자 가기 버거운 이승 길에서 주
님의 눈짓과 손짓에 설레며 기쁨과 슬픔을 함께하는 참으로
축복받은 한 형제, 자매인 것을요.
　그렇게 잠깐 동안 살짝 오르는 가르멜 재속회관으로 등반

후에는 길 건너편 사방으로 사시사철 근사한 뷰가 펼쳐집니다. 봄철에는 활짝 핀 철쭉꽃이, 여름에는 우거진 녹음이, 가을에는 형형색색 화려한 단풍이, 깊은 겨울에는 하얀 눈으로 뒤덮인 설경이 시선을 붙들거든요. 그 풍경도 장관이지만 비 그친 후 아련히 물안개가 피어오르는 북악산과 스카이웨이 옆 성곽 돌담길의 위용도 으뜸이랍니다.

재속회관을 오르며 드는 또 하나의 생각이 그렇습니다. 이렇게 땀 흘리고 정성을 다한 후 맛보는 멋진 경치처럼 우리네 삶도 그렇지 않을까요. 사는 내내 굽이굽이 온갖 고난을 이겨내신 예수님 수난 후의 영광과 위대하심도 비슷한 맥락으로 보이기도 합니다. 우리는 그분의 대속으로 힘들이지 않고 열매를 맛보려 들지만요.

'서울 십자가의 성 요한 재속회'는 2001년 11월 16일 이명숙 성혈의 세실리아님을 초대회장으로 '서울 아기 예수의 성녀 데레사 공동체'에서 분리되어 창립되었습니다. 그 후 복녀 삼위일체의 엘리사벳 팀을 분리한 후 99명으로 시작합니다. 2011년 우리 참사단은 좀 꼼꼼하게 속지주의를 엄격하게 적용하였답니다. 회원 수는 다시 줄어들었고 현재는 단독회원 39명을 포함해 90명이지요. 서울 서대문과 일산 그리고 파주, 고양 등 수도권 외곽에 주소지를 둔 회원들로 보임이 이루어집니다. 그리고 총인원에 비하여 단독회원이 많은 편이지요. 그럼에도 우리 '서울 십자가의 성 요한 공동체'의 강점은 회장님 이하 참사단과 양성 팀, 구역장들의 올곧음과 온유함을 닮아서 작지만 크고 단단하답니다. 이렇게 모든 공동체는 알차게 뿌리를 내리며 파란만장한 대한민국 역사 속에서 74년 동안 견고하게 자리매김했습니다.

　회관의 전신은 세검정성당이었지요. 지금은 부암동 행복센터에서 백양세탁소 옆 골목으로 조금만 올라가면 우리 주차장과 출입문이 있어요. 예전 돌계단 위 파란 대문 주택은 워낙 낡아 위험해서 사용은 못하고 뒤쪽으로 돌아다녔답니다. 간판이 없었다면 알아챌 수 없을 정도지요. 그럼에도 이 희망의 색인 파란 대문이 기점이 되었답니다. 그 후로 성당은 말끔하게 수리됐고 사제관도 신축하다시피 했지요. 파란 문 옆집과 자투리땅은 매입하여 주차장으로 사용합니다. 당시 이곳에 소속된 회원들은 기도도 신축금도 열정으로 합심하여 마련하였지요. 마음과 마음이 모여 이룬 지금 상태로도 대만족이었지만 세월이 흐르고 보니 부지가 조금 더 넓었다면 수방을 많이 만들어서 '연피정도 이곳에서 했으면' 하는 아쉬움이 있습니다.

하느님의 눈으로 보는 주님의 수도원, 모든 공동체는 정결, 청빈, 순명의 덕을 기본으로 월 모임 초청 신부님의 명품 강의로 가르침을 받아 진품의 삶을 살고자 노력하며 충전된 그 열정으로 또다시 한 달을 지내지요. 공동체의 날 행사는 3년마다 전국 각지의 가르멜 수도원을 방문하며 엘리야 선지자와 바알 예언자들과의 대결 현장을 눈앞에 그리어봅니다.(열왕기 I ,18장) 이렇게 우리 가르멜 수도회의 정체성을 다시 한번 새기며 양성 시절의 열정을 짚어봅니다.

그리스도교인은 목자이신 사제들을 징검다리 삼아 하느님께 다가갑니다. 그리고 우리 그리스도인 모두는 하느님의 부르심을 강하게 느끼고 가르멜 영성과 가르멜 성인들의 가르침과 모범에 매력을 느끼고 가르멜 공동체 생활에서 기쁨을 느끼기에 입회하고 서약을 하였지요.(재속가르멜회의 정체성과 성소식별 참조) 요즈음처럼 영악하고 흉포함이 가득한 시절 속에서 재속회원을 이끄시는 사제들과 함께하며 느껴지는 마음이 있습니다. 유행하는 말로 높이 받들어 우러르고 싶은 마음, 바로 추앙하는 마음입니다. 우리 모두는 이렇게 가르멜이 있어 더 많이 행복하답니다.

경춘가도 김유정역사 근처의 김유정문학촌을 방문하여 '동백꽃', '봄봄' 등의 작품을 통해 근대 한국 문학을 내표하는 작가를 만나본 적도 있지요. 재속회관 근처에 있는 윤동주 문학관에서는 '별 헤는 밤', '자화상', '쉽게 씌어진 시' 등을 쓴 한국인이 사랑하는 저항 시인 윤동주의 발자취와 세상을 향한 그의 시선을 더듬어봅니다. 그렇게 우리는 메마르기 쉬운 삶에 활력을 주는 문화생활도 한답니다. 또 재속회관 인근의 흥선대원군의 정자인 석파랑과 백사실 계곡(1급 수지표종인 도롱뇽 서식지)도 산책로로 이름난 곳이지요.

공동체의 날 장기자랑 행사에서는 재주꾼도 많고 미인도 많고 사랑도 많답니다. 유명 방송사 아나운서 못지않은 진행자도 몇몇 있지요. 선종 봉사를 20년 넘게 하는 분도 계시고요. 숲 해설가도 동화구연 지도사도 있고요. 피에타의 성모님 역은 성모님 닮은 미인이 맡아 공연하기도 했고, 오카리나 연주 또한 백미였답니다. 물론 우리가 말하는 미인은 겉보기만이 아닌 마음까지 아름다운 소유자라는 것을 눈치채셨는지요.

소화 팀에서 분가하면서 우리 참사단에서는 가르멜 회원이라면 가르멜 영성서적을 읽는 것이 도움이 될 것 같아 지도신부님께 건의하여『천주자비의 글』을 시작으로 읽고 나눔을 하였어요. 이후 모든 공동체의 구역모임에서도 함께하고 있지요.

또 소식지『즐거움의 샘』을 펴내어 수도회와 수녀회의 소식, 회원들의 기쁨과 슬픔, 공지사항 등을 전해드립니다.

특히 단독 회원이 되신 분들은 주님께 더 가까이 가고자 애쓰십니다. 몸과 맘이 불편하고 외롭지만 연륜만큼 덕이 높으신 어르신들입니다. 부족하지만 되도록 자주 연락드리고 방문하여 가르침을 받고 나눔을 실천하려 합니다.

또 하나, 삶의 여정에서 부딪치는 위기는 새로운 기회가 되기도 해요. 우리 회원들 사이에서 위기는 하느님을 찾는 기도 손이랍니다.

이렇듯 좋으신 주님과 목자들과 회원님을 만나러 우리는 부암동 재속회관을 찾습니다. 한 달 동안 살아온 이야기를 풀어놓으며 자신을 성찰하고 서로에게 힘을 실어주는 나눔도 하고 신부님의 알차고 옹골진 강의를 듣지요. 강의와 나눔은 으뜸이 됩니다. 그 다음 버금가는 꽃은 식사 시간이랍니다. 길 떠나는 바쁜 아침에 도시락까지 싸기에는 저희들 머리에 서리가 많이 내렸지요. 요즈음은 깔끔하고 맛있는 뷔페로 정담을 나누며 허기진 마음도 다독입니다.

어스름이 내리는 송로+ 무암농행복센터 앞 버스정류장. 두어 명의 아낙이 갖가지 푸성귀를 작은 소쿠리에, 비닐주머니에 담아 주인을 찾고 있습니다. 그 앞에는 월 모임 후 다시 세상으로 돌아가는 회원들이 옹기종기 모여 함께 정겹습니다.

'복음삼덕'인 정결, 청빈, 순명을 가슴에 간직하고 초청 신부님 가르침을 밑거름 삼아 믿음, 희망, 사랑의 '향주삼덕'으로 허리에 띠 두르고 세상 밖, 아름다운 빛을 찾아 그 무리 속으로 천천히 걸어 들어갑니다.

한낮 빛보다 더 단단히
그 빛이 날 인도했어라

어제는 비 온 끝이라 조금 더 추워졌고, 오늘 아침은 첫 추위에 서리가 내릴 거라는 일기예보에 마음이 시끄러웠다. '그래도 언제라도 성당에서 행사가 있는 날은 비바람도 꽃 샘추위도 다 물러났는데…' 하는 추억으로 예수님께 맡기며 학교로 뛰어갔다. 10월 마지막 주 오늘은 복음화학교 화요일 오전반 동기와 교수님과 담임과 조장님과 모두 함께하는 소풍날이다.

문 앞에서 만난 우리 조의 이주연 마리아, 열정적인 모습의 카타리나, 안토니아 등이 교실에서 보다 더 크게 얼굴이 당겨져 클로즈업되니 정겨웠다. 1조 동기인 마르티나는 양양에서 살았는데 어느 날 잠깐 들은 교장선생님의 강의에 매료되어 이사까지 오게 되었으니 이 또한 사랑스러울 수밖에. 나와 이름은 같고 이주연 마리아 치과 선생님과 옆모습이 같은 베로니카, 풍납동의 마우라, 또 연세 높으신 우리 왕언니도.

머나먼 미국에서 복음화학교에 공부하게 보내주신 것 같다는 '트리오 자매', 매력적이고 요즘 말로 섹시한 글라라와 트리오 자매는 그 옛날부터 몇십 년간 지낸 이국땅에서 몇 년간 파견 근무를 나온 남편 덕에 복음화학교에 다니게 되었다며 남편들께 감사의 말도 전한다.

어찌 됐든 우리 인연은 남다르게 주님의 은총이니 영광의 신비로 어머니께 묵주의 장미를 바치고 모두가 함께 '만남'을 노래했다. 특수학교 선생님인 데레사와 사회복지사 출신인 자매는 풍선을 불고 그 안에 재미있는 말씀사탕을 넣었다. 나도 엉덩이로 이름을 썼고 연길에서 온 자매는 중국의 찬가를 불렀고, 아기 예수의 데레사 교수님도 함께 춤을 추셨으니 딱딱한 교실에서의 수업보다는 자연 학습이 훨씬 더 화기애애했다.

참석 못하신 교상선생님이 오셨더라면 넝가수의 년보를

보여주셨을 텐데 아쉬움이 남는다. 말씀사탕의 말씀대로 우리 팀의 유일한 부부인 스테파노 씨와 마리아 자매는 서로 포옹하며 사랑의 말을 나누었으니 정말로 성령은 우리의 인도자이시다.

데레사 자매의 센스로 오늘의 소풍은 모두에게 유쾌한 시작이었다. 아이디어가 너무 좋아서 오락부장으로 승격시켜 드리라네. 예수님께서.

다음은 나들이의 꽃인 점심시간. 마태오 형제님의 찬조 덕분에 맛있는 반찬들이, 그리고 솜씨 뛰어난 성남댁의 조림 반찬이 오르고, 겉절이와 김치, 찰밥에 솜씨 내시어 말아 오신 우리 조장님의 김밥까지 너무도 푸짐한 잔칫상이었다. 게다가 후식으로는 대추에 사과와 감, 멜론과 여러 종류의 떡이 등장! 급한 집안일로 참석 못하신 우리 당진댁과 몇몇 자매를 위하여 만찬회를 한 번 더 해야겠네.

아! 이야기하다 보니 매력쟁이 글라라 언니가 우리 모두를 집으로 초대하고 싶다고 한다.

우리가 함께 찍은 사진 속 남산의 하늘이 정말로 청명하게 맑고 따사로웠다. 그런데 단풍이 빨갛고 노르스름하고 파스텔 톤으로 한 나무에서도 여러 가지로 다른 색깔을 띤다는 것까지는 알고 있지만, 이 깊어가는 가을에 연하고 어린, 연하고도 연한 연두색으로, 두 달 반 된 손자 민규 같은 단풍을

본 적이 있으신지요.

그 우아하고 새초롬한 아름다움에 취하여 발걸음이 목멱산을 떠나지 못하고 몇몇이 산허리를 안아보고 왔네. 오르막길 옆으로 돌돌 돌돌돌 흐르는 냇물을 따라 사랑하는 동기들과 함께하는 그 산책길을 어이 잊을 수가 있을까.

종로구 청와대 아랫동네인 창성동 집에서 태어나 자라고 그 집에서 함을 받고 시집온 서울 깍쟁이 베로니카를 나의 사랑이신 주님은 아가서의 신랑이 되시어 나를 감싸주시니 오로지 님 위해 지켜온 그 안에 고이고이 섬겨드리련다.

남산의 옛 우리 이름은 목멱산이고 이렇게 곱고도 고운 자태로 사람들의 몸과 마음을 정화하고 욕심을 버리고 더 절제하고 포기하며 이탈할 것을 우리에게 가르쳐준다는 사실을 오늘 복음화학교 가을 나들이에서 또다시 배우고 돌아왔다.

성령께서 나를 복음화학교로 이끄신 이 배려하심에 감사드린다.

주님이 주신 사랑들을 찾으며 이 산들과 물가를 저는 가렵니다. 꽃들을 꺾지도 않고 들짐승을 무서워함도 없이 힘센 이들 경계선을 넘어서 갈 겁니다. 비록 비바람과 따가운

뙤약볕이 나를 혼란스럽게 하더라도 예수의 데레사 성녀의 '아무것도 너를'을 소리 높여 부르며 울림이 있는 저로 키우렵니다.

우리 모두의 소망대로 예수 그리스도의 제자로서 삶을 살 수 있도록 당신 빛으로 보듬어주시길 주님께 기원합니다. 아멘.

예성 서영원 그림

"영양사님 머리 위에 하얀 눈이 내리네요. 흰 눈은 만나처럼 일용할 양식이고 저희에게는 은총을 상징하지요."

당뇨 식이요법을 위해서 방문 교육하는 제게 입원 환자 어르신이 하신 말씀입니다. 누구에게도 도움을 줄 수 없이 깊은 병환임에도 따뜻한 덕담으로 제게 위로와 용기를 실어주셨지요. 그 당시 저는 철없고 어린 나이였지만 한마디의 말씀은 성령께서 보내주신 사랑이었다고 깨달았으니, 저도 그 어르신을 본받고 싶었어요.

그 희망으로 지난 몇 년간 가르멜 회보에 실었던 소소한 글들을 책으로 엮으면서 나 자신과 그리고 이웃과도 화해하는 기쁨을 얻었지요. 무엇보다 주님과 더불어 행복하게 살아갈 생명수도 덤으로 주셨네요. 이 생명수로 인해 앞으로 살아갈 나날은 활기차고 향기롭기를 바랍니다. 이렇게 하느님 자랑을 할 수 있도록 이끌어주신 주님은 찬미 받으소서. 감사드립니다.

모두의 평화를 빕니다.

2023년 7월

김순상 베로니카

우리는 서로의 꽃이며 기쁨

초판 발행일	2023년 7월 20일
저 자	김순상
편 집	박인애 · 조인영
디자인	여YEO디자인
발행인	박인애
발행처	구름바다
등록일	2017년 10월 31일
등록번호	제406-2017-000145호
주 소	파주시 노을빛로 109-1 301호
전 화	031-8070-5450, 010-4301-0736
팩스	031-5171-3229
전자우편	freeinae@icloud.com
인쇄	(주)공간코퍼레이션

ⓒ김순상
ISBN 979-11-92037-08-0(03810)
값 15,000원